# QUE LOUCURA!

Livros do autor na Coleção **L&PM** POCKET

*Adultérios*
*Cuca fundida*
*Que loucura!*
*Sem plumas*

# WOODY ALLEN

# QUE LOUCURA!

*Tradução de* RUY CASTRO

www.lpm.com.br

**L&PM** POCKET

Coleção **L&PM** POCKET, vol. 41

Texto de acordo com a nova ortografia.

Este livro foi publicado pela L&PM Editores, em formato 14x21cm, em 1981.
Primeira edição na Coleção **L&PM** POCKET: dezembro de 1997
Esta reimpressão: 2016

Titulo original em inglês: *Side Effects*

*Capa*: Ivan G. Pinheiro Machado sobre foto de Woody Allen (©1980 Brian Hamill/Photoreporters)
*Revisão*: Renato Deitos e Flávio Dotti Cesa

---

A432q
Allen, Woody, 1935            pseud.
    Que loucura / Allen Stewart Konigsberg; tradução de Ruy Castro. – Porto Alegre: L&PM, 2016.
    176 p. ; 18 cm – (Coleção L&PM POCKET; v.41)

    ISBN 978-85-254-0643-9

    1. Ficção norte-americana-Humor. 2.Konigsberg, Allen Stewart, 1935-. I.Título. II.Série.

                        CDD 817
                        CDU 820(73)-7

---

Catalogação elaborada por Izabel A. Merlo, CRB 10/329.

Copyright © 1975, 1976, 1977, 1979, 1980 by Woody Allen. Esta tradução é publicada mediante acordo com a Randon House Inc..

Todos os direitos desta edição reservados a L&PM Editores
Rua Comendador Coruja 314, loja 9 – Floresta – 90220-180
Porto Alegre – RS – Brasil / Fone: 51.3225.5777 – Fax: 51.3221-5380

PEDIDOS & DEPTO. COMERCIAL: vendas@lpm.com.br
FALE CONOSCO: info@lpm.com.br
www.lpm.com.br

Impresso no Brasil
2016

# ÍNDICE

Retribuição ..................................................... 7
Meu tipo inesquecível ................................... 30
O condenado ................................................. 38
A ameaça do OVNI ...................................... 48
O caso Kugelmass ........................................ 58
Como quase matei o presidente dos
    Estados Unidos ........................................ 76
Na pele de Sócrates ...................................... 83
Negado pelo Destino .................................... 91
Discurso de paraninfo ................................... 99
A dieta ........................................................ 105
Que loucura! ............................................... 114
A pergunta .................................................. 124
Reminiscências: pessoas e lugares .............. 133
O mais idiota dos homens .......................... 139
Um passo gigantesco para a humanidade ... 154
O ópio das massas ...................................... 164

## **Retribuição**

O fato de que Connie Chasen tenha correspondido à minha inevitável atração por ela à primeira vista deve ser considerado uma coisa inédita na história do West Side de Nova York. Se quiserem uma pálida descrição da gatona, só posso dizer que, com aquele corpo, alta, loura, atriz quase profissional, inteligentíssima e com um agudo senso de humor, superado apenas pelo tesão úmido e sinuoso que cada curva do seu corpo despertava, ela era o insuperável objeto do desejo de todos os homens da festa. E as maçãs do seu rosto! Que ela tenha se interessado justamente por mim – Harold Cohen, esquálido, narigudo, 24 anos, fanho e com remotas aspirações a dramaturgo – era tão absurdo quanto minha avó ter óctuplos. É verdade que costumo dizer algumas coisas engraçadas e sou capaz de sustentar uma conversação sobre uma vasta gama de assuntos, mas não deixei de ficar surpreso quando aquele monumento fixou-se tão rápida e completamente em meus dotes insignificantes.

"Você é adorável", ela me disse, depois de uma hora de enérgicos carinhos encostados a uma estante. "Vai me telefonar um dia?"

"Telefonar? Se pudesse, iria para casa com você agora!"

"Hmmm, que bom", ela sorriu, tipo coquete. "Sabe que achei que você não estava me dando a mínima?"

Fiz um ar de quem achava aquilo muito natural, enquanto meu sangue era bombeado através das veias até que alguns hectolitros se concentraram no meu rosto. Como era de se esperar, corei – um velho hábito.

"Você é fantástica!", eu disse, fazendo-a enrubescer de modo ainda mais incandescente. Na realidade, ainda não me sentia pronto para ser aceito assim tão imediatamente. Minha agressiva investida sobre ela era só uma tentativa a fim de preparar o terreno para o futuro – para que, quando eu efetivamente mencionasse a palavra cama, digamos, alguns dias depois, a coisa não soasse surpreendente nem violasse nenhuma das leis de Platão. O fato é que, apesar de minhas cautelas, sentimentos de culpa e grilos, aconteceu naquela noite mesmo. Connie Chasen e eu tínhamos nos entregado um ao outro de tal jeito que todos os bodes se dissiparam e, uma hora depois, executávamos um soberbo balé sob lençóis, seguindo apenas a coreografia da paixão.

Para mim, foi sexualmente a noite mais erótica e satisfatória que eu já experimentara e, enquanto ela repousava nos meus braços, plena e relaxada, eu me perguntava o que o Destino me reservava em troca de tanto prazer. Ficaria cego? Paraplégico? Que hercúleas tarefas seriam atribuídas a Harold Cohen para que o cosmo pudesse continuar vivendo em harmonia? Que pelo menos demorasse um pouco...

As quatro semanas seguintes foram o paraíso. Connie e eu nos exploramos ao fundo e nos deliciamos com cada descoberta. Ela era brilhante, excitante e desbundante; tinha uma imaginação fértil e suas referências eram eruditas e variadas. Era capaz de discutir Gramsci e citar pensadores hindus. Letras de Cole Porter? Sabia todas de cor. E, na cama, era desinibida, topava tudo – um autêntico espécime do futuro. Seria preciso ser absolutamente do contra para descobrir-lhe qualquer defeito. É verdade que ela costumava ser um pouquinho temperamental. Tinha o hábito de mudar de ideia nos restaurantes, depois de já feito o pedido há mais de 20 minutos. E, naturalmente, não gostava quando eu argumentava que isso não era exatamente justo para com os garçons ou o *chef*. Tinha também a mania de mudar diariamente de dieta, dedicando-se a cada uma com fanático fervor para trocá-la por outra no dia seguinte, apenas porque esta última estava em moda.

Não que Connie tivesse a mais remota grama em excesso – ao contrário! Seu corpo devia matar de inveja a mais bela modelo do *Vogue,* mas um complexo de inferioridade só comparável ao de Franz Kafka fazia-a debater-se com uma gigantesca autocrítica. Quem a ouvisse falar acharia que não passava de uma idiota balofa que nada tinha a ver com essa história de ser atriz, e muito menos interpretando Tchékhov. Continuei incentivando-a moderadamente, mesmo sabendo que, se o desejo que ela me despertava não era aparente pela maneira como eu fitava com adoração o seu corpo e o seu cérebro, nada que eu dissesse seria suficiente.

Por volta da sexta semana do nosso relacionamento, sua insegurança chegou ao ápice. Seus pais iriam oferecer um churrasco, na sua fazenda em Connecticut, e finalmente eu iria conhecer toda a família.

"Papai é um tesão", ela disse, suspirando, "além de ser gênio. Mamãe também é linda. E seus pais?"

"Bem, eu não diria exatamente lindos", admiti. Na realidade, eu não fazia uma ideia muito boa da aparência física de minha família, geralmente comparando os parentes de minha mãe a alguma coisa parecida com a família Adams. Não que não fôssemos íntimos e não nos gostássemos – apenas vivíamos brigando o tempo todo. Em toda a minha vida, não me lembro de um membro da família ter feito qualquer referência elogiosa a qualquer outro – tendo chegado a suspeitar, certa vez, que isso vinha desde o tempo em que Deus fez aquele acordo com Abraão.

"Meus pais nunca brigam", disse Connie. "Podem ficar um pouquinho *altos,* mas são sempre carinhosos. E Danny também é ótimo." Irmão dela. "Quero dizer, meio louco, mas ótimo. Faz música."

"Estou ansioso para conhecer todos eles."

"Só espero que não se apaixone por minha irmã caçula, Lindsay."

"Ora, ora..."

"Ela é dois anos mais nova do que eu, brilhante e sensual. Todo mundo fica doido por ela."

"Puxa, parece uma coisa!", exclamei. Connie me deu um tapa no rosto.

"Bem, não se atreva a gostar mais dela do que de mim", disse meio rindo, como se só assim pudesse expressar seu temor com graciosidade.

"Se eu fosse você, não me preocuparia", assegurei-lhe.

"Promete?"

"Vocês são assim tão competitivas?"

"Não. Nos adoramos. Mas ela tem um rosto de anjo e um corpo que vou te contar! Puxou à mamãe. Sem falar num Q.I. que mais parece um placar de basquete, além de um fantástico senso de humor."

"Você é linda", eu disse, beijando-a. Mas devo admitir que, pelo resto daquele dia, fantasias a respeito de Lindsay Chasen, uma gracinha de 21 anos, não saíam da minha cabeça.

Meu Deus – pensei – e se Lindsay for mesmo essa maravilha? E se for tão irresistível como Connie a descreve? Será que vou resistir? Do jeito que sou, a fragrância do corpo e a incrível cabeça de uma garota chamada Lindsay (mas logo Lindsay!) não me desviarão de minha paixão por Connie em busca de algo ainda mais fresco? Afinal, só conhecia Connie há umas seis semanas e, embora tudo estivesse mais do que ótimo entre nós, não me sentia perdidamente apaixonado por ela. O fato é que Lindsay teria de ser qualquer coisa de inacreditável para perturbar a torrente de luxúria que tinha me tornado um inquilino do paraíso naquele último mês e meio.

Naquela noite, fiz amor com Connie mas, quando

dormi, foi Lindsay quem habitou meus sonhos. Delícia de Lindsay, com seu cérebro de superdotada, rosto de estrela de cinema e charme de princesa. Virei, mexi e acordei de madrugada com um estranho sentimento de excitação e de algo proibido.

Pela manhã minhas fantasias se acalmaram e, logo depois do café, Connie e eu fomos para o churrasco em Connecticut, levando vinhos e flores. Revezamo-nos na direção, ouvindo Vivaldi na FM e trocando nossas observações sobre as últimas novidades no caderno de artes e espetáculos do *New York Times*. E, então, momentos antes de cruzarmos o portão de entrada da propriedade dos Chasens, imaginei mais uma vez se não estava prestes a pirar pela tal irmã de Connie.

"O namorado de Lindsay também foi convidado?", perguntei, fazendo um falsete cheio de culpa.

"Não, terminaram", disse Connie. "Lindsay não os aguenta por mais de um mês. Eles ficam alucinados demais."

Hmmm – pensei –, como se não bastasse, a moça está disponível. Será que ela é mesmo mais incrível do que Connie? Achava difícil acreditar nisso, mas, por via das dúvidas, tratei de me preparar para qualquer eventualidade. Qualquer uma – exceto, naturalmente, a que me ocorreu naquela fria e azulada tarde de domingo.

Connie e eu nos juntamos ao churrasco, realmente animadíssimo. Fui apresentado a todos da família, um a um, à medida que eles iam chegando com seus amigos, e, embora a garotinha Lindsay fosse realmente tudo que Connie havia dito – linda, charmosa, engraçada – não a preferi a Connie. Das duas, sentia-me ainda muito mais atraído pela mais velha. A mulher pela qual perdi irremediavelmente a cabeça naquele dia foi nada menos que a fabulosa mãe de Connie – Emily.

Emily Chasen, 55 anos, robusta, bronzeada, rosto decidido, cabelos grisalhos, penteados para trás, e curvas firmes e suculentas que se expressavam com a leveza de um Brancusi. *Sexy* Emily, cujo sorriso largo e claro e riso franco e forte criavam à sua volta uma aura de calor e sedução irresistíveis!

Que protoplasmas, os desta família! – pensei. Que produção em série de genes premiados! E coerentes também, já que Emily Chasen parecia sentir-se tão à vontade comigo quanto sua filha. Parecia-me óbvio que ela curtia a minha presença, deixando que eu a monopolizasse, a despeito da presença de tantos outros hóspedes. Discutimos fotografia (seu *hobby*) e literatura. Ela estava lendo (e adorando) um livro de Joseph Heller. Estava achando-o engraçadíssimo e, enquanto enchia meu copo, dizia: "Meu Deus, vocês judeus são tão exóticos!".

Exóticos? Ela devia conhecer os Greenblats. Ou o casal Sharpstein, amigo de meu pai. Ou meu primo Tovah. *Aquilo,* sim, é que é exótico. Isto é, se pode ser considerado exótico alguém que vive dando conselhos a respeito da melhor maneira para combater a indigestão ou a que distância se deve sentar da televisão.

Emily e eu falamos horas sobre cinema, sobre minha vontade de escrever para teatro e sobre seu interesse em colagens. Era óbvio que aquela mulher tinha muitas aspirações criativas e intelectuais, as quais, por alguma razão, ainda não conseguira realizar. No entanto, parecia também que não tinha queixas da vida, já que ela e seu marido, John Chasen – uma versão mais velha do homem que você gostaria de ver comandando o seu avião –, viviam aos beijos e abraços, rindo e bebendo. Para dizer a verdade, em comparação com os meus pais, que tinham continuado inexplicavelmente casados durante quarenta anos, Emily e John podiam ser comparados a Lynn Fontanne e Alfred Lunt. Meu pai e minha mãe, por sua vez, não conseguiam sequer discutir a temperatura sem se lançarem numa série de acusações mútuas, que quase os faziam atirar-se às carótidas um do outro.

Quando chegou a hora de voltarmos para casa, eu me sentia cheio de sonhos sobre Emily e não conseguia tirá-la da cabeça.

"São uns doces, não são?", perguntou Connie, quando chegávamos a Manhattan.

"Muito", concordei.

"Papai não é um tesão? Acho-o uma graça."

" Hmmm." A verdade é que eu não tinha chegado a trocar dez frases com o pai de Connie.

"E mamãe estava fantástica hoje. Melhor do que há muito tempo. Ela andou gripada ultimamente."

"É. Ela é uma coisa", eu disse.

"As fotos e colagens que ela faz são muito boas também", disse Connie. "Gostaria que papai a incentivasse mais, em vez de ser tão careta. Mas essas coisas criativas nunca fizeram o gênero dele."

"Uma pena", eu disse. "Espero que não venha sendo muito frustrante para ela esse tempo todo."

"Mas tem sido. E Lindsay? Não se apaixonou por ela?"

"Ela é uma delícia – mas não chega aos seus pés. Pelo menos, na minha opinião."

"Estou mais aliviada agora", riu Connie, dando-me um beliscão na bochecha. Supremo verme que eu era, não podia confessar-lhe, é claro, que era sua mãe que eu desejava ver de novo. Mas, enquanto dirigia, minha cabeça piscava e fazia bips como um computador, tentando bolar esquemas para desfrutar um pouco mais aquela maravilhosa mulher. Se você me perguntar aonde eu esperava que aquilo tudo iria levar, confesso que não fazia a menor ideia. Só sei que, enquanto dirigia por aquela noite de outono, tinha a impressão de que, em algum lugar, Freud, Sófocles e Eugene O'Neill deviam estar morrendo de rir.

Nos meses seguintes, dei um jeito de ver Emily Chasen muitas vezes. Geralmente, saíamos inocentemente a três, com Connie e eu indo encontrá-la na cidade e levando-a a um museu ou concerto. Uma ou duas vezes, saí sozinho com Emily, quando Connie estava ocupada. Connie adorava saber que sua mãe e seu namorado se davam tão bem. E outras poucas vezes encontrei-me "por acaso" com Emily, no que acabávamos dando um passeio ou tomando um drinque fora do programa. Discutíamos música, literatura, vida, essas coisas, e ela parecia adorar minhas observações.

Era óbvio que a ideia de me considerar como algo mais do que um amigo não lhe passava nem remotamente pela cabeça. E, se lhe passasse, ela não dava a menor bandeira. Nem podia ser de outro jeito. Eu estava vivendo com sua filha. Coabitando honoravelmente numa sociedade civilizada, em que certos tabus ainda são observados. E, afinal de contas, quem eu achava que ela era? Uma *vamp* amoral, saída de algum filme alemão, capaz de seduzir o amante de sua própria filha? Na verdade, eu perderia todo o respeito por ela, caso confessasse qualquer sentimento a meu respeito ou tomasse atitudes menos do que impecáveis. Tudo bem – só que eu estava a fim dela. Tinha-lhe uma estima sincera e, por mais que pareça contraditório, rezava por uma pista de que seu casamento não fosse tão perfeito quanto parecia ou que, por mais que ela disfarçasse, estivesse fatalmente atraída por mim. Havia ocasiões em que eu considerava a ideia de fazer qualquer lance mais agressivo, mas, imediatamente, manchetes dos jornais de crime me vinham à cabeça e eu abandonava a ideia.

Claro que eu vivia angustiado, querendo desesperadamente explicar esses sentimentos confusos a Connie, para que ela me ajudasse a sair honrosamente dessa embrulhada – mas, não sei por quê, a ideia de fazer isso também me cheirava a carnificina. Assim, em vez de assumir a atitude de um verdadeiro homem, preferia continuar farejando pistas sobre os sentimentos de Emily a meu respeito.

"Levei sua mãe para ver a exposição de Matisse", disse a Connie certo dia.

"Eu sei. Ela adorou."

"Que mulher de sorte. Parece ser tão feliz. Tem um casamento ótimo." "Não é?" Pausa.

"Ahn – quero dizer, ela te disse alguma coisa?"

"Disse que vocês bateram um ótimo papo depois, sobre as fotos dela."

"Foi." Pausa. "Disse mais alguma coisa? Sobre mim? Quer dizer, será que não tomei demais o tempo dela?"

"Oh, não. Ela te adora."

"É mesmo?"

"Com Danny passando cada vez mais tempo com papai, ela te vê quase como um filho."

"Filho?", exclamei, atônito.

"Acho que ela gostaria de ter tido um filho que se interessasse pelo trabalho dela, como você. Alguém mais chegado à cultura do que Danny, mais sensível às suas necessidades artísticas. Acho que você lhe preenche essa carência."

Claro que fiquei de mau humor aquela noite e, enquanto via televisão com Connie, meu corpo ardia para se enroscar apaixonadamente no daquela mulher que, aparentemente, não via em mim mais do que o seu filho. Ou não? Não seria essa uma opinião infundada de Connie? Será que Emily não acharia um barato descobrir que um homem, muito mais jovem do que ela, achava-a bonita, sensual, fascinante, e estava louco para ter com ela um caso que nada tinha de filial?

Será que uma mulher da sua idade, principalmente com um marido que não estava nem aí para seus desejos mais profundos, não aceitaria emocionada a atenção de um admirador apaixonado? Não estaria eu também sendo traído pela minha mentalidade de classe média, achando que ela se importaria com o fato de eu estar vivendo com sua filha? Afinal, essas coisas vivem acontecendo, principalmente entre os mais bem-dotados artisticamente. Tinha que dar um jeito naquilo e por um fim àqueles sentimentos que já estavam atingindo as proporções de uma obsessão. A situação estava me corroendo as entranhas. Por isso resolvi que ou iria agir ou iria tirar aquela mulher de minha cabeça.

Decidi agir.

Campanhas passadas e bem-sucedidas sugeriram-me imediatamente a estratégia a seguir. Eu iria levá-la ao Trader Vic's, um covil polinésio de delícias, com sua iluminação sugestiva, cantinhos mocós e bebidinhas aparentemente suaves, mas que despertavam como um vulcão a mais adormecida libido. Uma ou duas doses de Mai Tai e ela estaria madura para o abate. Uma mão em seu joelho. Um beijo súbito e molhado. Dedos entrecruzados. A bebida milagrosa faria sua mágica infalível. Nunca tinha falhado no passado. Mesmo que a vítima, tomada de sobressalto, perguntasse que diabo eu estava tentando fazer, sempre se podia recuar graciosamente, pondo a culpa nos efeitos do demônio do álcool.

"Perdão" – era um bom álibi –, "acho que fiquei alterado pela bebida. Não sabia o que estava fazendo."

É isso mesmo. Chega de papo furado, pensei. Estou apaixonado por duas mulheres, e não há nada de anormal nisso. Que importa se são mãe e filha? Maior ainda o desafio! Eu estava ficando histérico. Só que, bêbado de autoconfiança como estava naquele momento, devo confessar que as coisas não saíram exatamente como eu planejei.

Sim, fomos ao Trader Vic's numa tarde fria de fevereiro. Ficamos nos olhando nos olhos um tempão e dizendo coisinhas um para o outro, enquanto sorvíamos copos e copos daquela bebida branca e espumante – mas ficou por aquilo mesmo. E isto aconteceu porque, apesar de já desbloqueado para ir até o fim, senti que a coisa destruiria completamente Connie. Foi mais a minha consciência de culpa – ou, digamos, meu retorno à sanidade – que me impediu de depositar a mão sobre o joelho de Emily e concretizar minhas intenções abjetas. A súbita certeza de que eu estava apenas fantasiando loucamente e que, na realidade, amava Connie e nunca poderia me arriscar a feri-la, acabou por me derrotar. É isso aí: Harold Cohen era um tipo mais convencional do que ele próprio gostaria de admitir. E mais apaixonado por sua garota do que queria fazer crer. Esse tesão por Emily Chasen teria de acabar e ser esquecido. Por mais penoso que me fosse controlar meus impulsos pela mãe de Connie, a razão e a decência teriam de prevalecer.

Após uma tarde maravilhosa, que deveria ter sido coroada por flamejantes beijos nos grandes e convidativos lábios de Emily, pedi a conta e dei por encerrado o assunto. Saímos rindo do bar, caminhamos pela neve e, depois de levá-la até seu carro, observei-a sumindo no fim da rua, em direção à casa, enquanto eu voltava para sua filha com uma nova e profunda sensação de calor pela mulher que, toda noite, partilhava a minha cama. A vida é mesmo um caos – pensei. Os sentimentos são tão imprevisíveis. Como uma pessoa consegue ficar casada durante quarenta anos? Para mim, isso parecia um milagre ainda maior do que a divisão do Mar Vermelho, embora meu pai, na sua ingenuidade, considere essa última façanha muito mais impressionante. Chegando em casa, beijei Connie apaixonadamente, confessei-lhe todo o meu amor e, naturalmente, fomos direto para a cama.

Como se diz no cinema, cortem para alguns meses depois. Connie já não conseguia fazer sexo comigo. Por quê? Eu mesmo toquei no assunto, como se fosse o trágico protagonista de uma tragédia grega. Nossa vida sexual tinha começado a ratear havia algumas semanas.

"O que aconteceu?", perguntei. "Que que eu fiz?"

"Oh, meu Deus, não é sua culpa. Merda."

"Então, o quê? Me diga!"

"Não sei, só sei que não estou com vontade. Temos de fazer sexo *toda* noite?" O que ela queria dizer por *toda* noite não passava de algumas vezes por semana e, ultimamente, muito menos do que isso.

"Não quero", ela dizia, cheia de culpa, quando eu tentava demonstrar minhas péssimas intenções. "Você sabe que não estou numa boa."

"Como não está numa boa?", eu insistia, incrédulo. "Está saindo com mais alguém?"

"Claro que não."

"Ainda me ama?"

"Antes não te amasse."

"Então, qual é o grilo? Por que está desse jeito?"

"Não sei. Só sei que não consigo trepar com você", ela confessou certa noite. "Você me lembra meu irmão."

"O quê?"

"Você me lembra Danny. Não me pergunte por quê."

"Seu irmão? Você está brincando."

"Não."

"Mas ele tem 23 anos! É louro, bonito pra cacete, trabalha no escritório de advocacia do seu pai, e *eu* faço você se lembrar *dele*?"

"Sei lá, é como ir para a cama com ele", ela soluçou.

"Está bem, está bem, não chore. Tudo vai terminar bem. Vou tomar uma aspirina e me deitar. Não estou me sentindo bem."

Levei as mãos à cabeça, como se fosse vítima de uma enxaqueca, mas era óbvio até para mim que meu forte relacionamento com sua mãe tinha feito com que Connie passasse a me ver de modo bastante fraternal. O destino ajustava as contas com o locutor que lhes fala. Eu seria torturado como Tântalo, tão próximo do corpo dourado e macio de Connie Chasen, mas impossibilitado de tocá-la, exceto se – pelo menos até então – pronunciasse o clássico expletivo "Pô!". Dentro daquele quadro absolutamente irracional que se desenha na maioria das relações humanas, eu tinha me tornado pouco mais do que o irmãozinho dela.

Vários estágios de angústia caracterizaram os meses seguintes. Primeiro, a dor de ser rejeitado na cama. Em seguida, o fato de vivermos dizendo para nós mesmos que aquela situação era temporária – o que era acompanhado pelas minhas tentativas de ser compreensivo e paciente. Lembro-me de que, certa vez, quando era estudante, fracassei na cama com uma colega de turma porque ela me lembrava minha tia Alzira. (A tal garota nada tinha a ver com a cara de esquilo de minha tia, mas a ideia de fazer sexo com a *irmã* de minha mãe me embananou por completo.) Eu sabia o que Connie estava passando, o que não impedia que a frustração sexual ficasse a cada dia mais avassaladora.

Depois de algum tempo, meu autocontrole passou a expressar-se em observações sarcásticas e ligeiras ansiedades de botar fogo na casa. Mesmo assim, continuei tentando não degringolar e procurando preservar o que, sob outros aspectos, era um bom relacionamento com Connie. Minha sugestão de que ela consultasse um psicanalista entrou-lhe e saiu-lhe pelas orelhas, como se, pelo fato de ser judeu, eu lhe tivesse sugerido uma ideologia exótica oriunda de Viena.

"Por que não procura outras mulheres?", ela dizia. "O que mais posso oferecer?"

"Não preciso de outras mulheres. Amo você."

"E eu amo você. Você sabe. Mas não consigo ir para a cama com você."

Realmente, eu não fazia o gênero de quem sai comendo todo mundo porque, apesar de minha antiga obsessão pela sua mãe, nunca tinha traído Connie. Claro, claro, já havia experimentado fantasias a respeito de umas e outras mulheres ao acaso – uma atriz aqui, outra garçonete ali, e até mesmo alguma antiga colega de olhos esbugalhados –, mas nunca teria sido capaz de ser infiel ao meu amor. Tinha conhecido nesse ínterim mulheres bem agressivas, algumas inclusive predatórias, mas mantivera-me leal a Connie. E duplamente até, naquele período em que ela se confessava impotente. Naturalmente que me ocorreu voltar à carga sobre Emily, a quem continuava vendo, com ou sem a companhia de Connie, mas sentia que avivar a brasa que, com tanto custo, eu conseguira fazer dormir, só iria tornar tudo ainda mais miserável.

Isto não quer dizer que Connie me tenha permanecido absolutamente fiel. Não. A triste verdade é que, pelo menos em algumas ocasiões, ela andou sucumbindo diante de estranhos, prevaricando com atores, escritores etc.

"O que você quer que eu diga?", ela admitiu certa madrugada, quando a flagrei em contradição numa série de álibis. "Só faço isso para ter certeza de que não estou definitivamente brocha, de que ainda sou capaz de gostar de sexo."

"Quer dizer que você gosta de sexo com todo mundo, menos comigo?", repliquei furioso, roído por sentimentos de injustiça.

"Isso mesmo. Você me lembra meu irmão."

"Chega dessa asneira. Não quero mais saber disso."

"Eu disse a você para procurar outras mulheres."

"Tentei evitar, mas agora estou vendo que vou ter de fazer isso."

"Por favor. Não evite. É uma maldição sobre nós", ela soluçou.

Era mesmo uma maldição. Porque, quando duas pessoas se amam e são forçadas à separação devido a uma aberração quase cômica, o que mais pode ser? Era inegável que a causa tinha sido o meu íntimo relacionamento com sua mãe. Talvez eu estivesse me achando muito gostoso ao pensar que podia deslumbrar e comer Emily Chasen, depois de já ter papado sua filha.

Um espanto: eu, Harold Cohen, um homem que nunca na vida se considerara superior aos batráquios, via-se crucificado por excesso de lubricidade! Difícil de acreditar, mas era verdade. E, por isso, eu e Connie nos separamos. Penosamente, continuamos amigos, mas seguimos nossos caminhos, cada qual por si. É verdade que apenas dez quarteirões nos separavam e nos falávamos todos os dias, mas a relação acabara. Só então me dei conta de quanto tinha adorado Connie. Lembrava-me de nossos melhores momentos, das incríveis horas de sexo que tínhamos vivido e, na solidão de meu apartamento, cheguei a chorar. Tentei sair com várias garotas, mas, inevitavelmente, tudo parecia sem sentido. O desfile de tietes ou de secretárias em volta de minha cama era ainda mais vazio do que passar a noite com um bom livro. O mundo inteiro era para mim um lugar chato e desesperante para viver – até que, um dia...

Até que, um dia, a espantosa notícia de que a mãe de Connie deixara seu marido e de que iriam divorciar-se. Claro que, nesse momento, sofri a primeira taquicardia em meses. Imagine – meus pais brigavam mais que Pafúncio e Marocas e ficaram juntos a vida inteira. Já os pais de Connie bebericavam martinis entre uma e outra frase de efeito, civilizadíssimos, e, de repente – pimba! –, divorciavam-se!

Minha estratégia agora era óbvia. Trader Vic's de novo! Já não haveria obstáculos entre eu e Emily. Embora ainda parecesse estranho, já que eu tinha namorado Connie há tão pouco tempo, a situação não mais oferecia as insuperáveis dificuldades do passado. Éramos agora frilas na vida. Meus sentimentos adormecidos por Emily Chasen incendiaram-se novamente. Era possível que uma cruel brincadeira do destino tivesse arruinado minha relação com Connie, mas nada mais se interporia no meu caminho para conquistar sua mãe.

No auge da excitação, liguei para Emily e marcamos um encontro. Três dias depois, estávamos novamente aconchegados num cantinho do restaurante polinésio e, com apenas três drinques daqueles pesados, ela abriu o coração sobre seu descasamento. Quando chegou à parte sobre as possibilidades de uma nova vida, eu a beijei. Sim, ela ficou um pouco surpresa, mas não gritou. Confessei meus sentimentos a seu respeito e beijei-a de novo. Pareceu confusa, mas não virou a mesa sobre mim. No terceiro beijo, eu já sabia que ela sucumbiria. Ela partilhava os meus sentimentos. Levei-a a meu apartamento e fizemos amor. Na manhã seguinte, quando os efeitos do álcool haviam se dissipado, ela ainda me parecia maravilhosa e fizemos amor outra vez.

"Quero me casar com você", eu disse, com os olhos cheios de adoração.

"Não brinque", ela respondeu.

"Não estou brincando e não deixo mais barato", insisti.

Tomamos o café da manhã, entre beijos e planos para o futuro. Naquele mesmo dia, fui dar a notícia a Connie, preparado para uma reação que não chegou a acontecer. Esperava que ela morresse de rir ou ficasse puta da vida, mas o fato é que Connie tirou a coisa de letra. Ela própria estava levando uma agitada vida social, saindo com um bando de homens, cada qual mais atraente, e andava preocupada com o futuro de sua mãe desde que esta se divorciara. De repente, um respeitável jovem saía das sombras para cuidar da dama. Alguém que ainda mantinha um belo relacionamento com ela, Connie. Não era uma sorte? O sentimento de culpa que Connie ainda alimentava a meu respeito acabaria. Emily ficaria feliz. Eu ficaria feliz. Donde, por que não Connie levar a coisa na maior, como, aliás, se esperava de sua criação?

Meus pais, por outro lado, correram diretamente para a janela de seu apartamento no 10º andar e brigaram para ver quem saltava primeiro.

"Nunca ouvi nada parecido", gemeu minha mãe, retorcendo seu roupão e trincando os dentes.

"Ele está louco. É um idiota!", grunhiu meu pai, pálido e com sufocações.

"Uma *shiksa* de 55 anos?!", grasnou tia Rose, empunhando uma espátula e apontando-a contra seus próprios olhos.

"Mas eu a amo", protestei.

"Ela tem mais que o dobro de sua idade", berrou tio Louie.

"E daí? "

"É contra a lei!", berrou meu pai, invocando o Torá.

"Vai se casar com a mãe da namorada?", ganiu tia Tillie, um segundo antes de desmaiar.

"Uma *shiksa* de 55 anos", uivou minha mãe, vasculhando os bolsos em busca de uma cápsula de cianureto que tinha reservado para tais ocasiões.

"Quem é ela? Uma marciana? Ela o hipnotizou?", perguntou tio Louie.

"Idiota! Imbecil!", trovejou papai. Tia Tillie recobrou a consciência, olhou-me bem nos olhos e desmaiou novamente. No outro lado da sala, tia Rose estava de joelhos, entoando o Sh'ma Yisroel.

"Deus vai te castigar, Harold", rogou papai. "Prenderá a sua língua contra o céu da boca, fará morrer todo o seu gado, secará um décimo da sua colheita e..."

O fato é que me casei com Emily e não houve suicídios. Os três filhos de Emily compareceram, além de uns dez ou quinze amigos. O evento se deu no apartamento de Connie, e champanhe correu como água. Meus pais não puderam comparecer, já que estavam previamente compromissados com o sacrifício de um carneiro. Dançamos, rimos muito e tudo correu otimamente. Em certo momento, vi-me sozinho no quarto com Connie. Brincamos um com o outro, recordando nossa relação, os altos e baixos, e como eu tinha sido sexualmente louco por ela.

"Foi gratificante", ela admitiu, calorosamente.

"Pois é. Como não deu certo com a filha, capturei a mãe."

Bem, o que aconteceu em seguida foi que Connie enfiou sua língua inteira em minha boca. Quando consegui liberar minha própria língua, só pude dizer:

"Que diabo é isso? Está bêbada?"

"Você me provoca um tesão que nem imagina", ela disse, me arrastando para a cama.

"O que deu em você? Virou ninfomaníaca?", protestei, levantando-me, mas inegavelmente excitado por aquela súbita agressividade.

"Tenho de ir para a cama com você. Se não agora, o mais depressa possível."

"Comigo? Harold Cohen? O cara que viveu com você? E que te amou? E que não podia nem encostar em você? Aquele que virou uma espécie de versão falsificada do seu irmão Danny? O símbolo do seu irmão?"

"Agora é diferente", disse Connie, agarrando-se a mim. "Casando-se com minha mãe, você se tornou o meu pai." Beijou-me de novo e, um segundo antes de voltar para a festa, sentenciou: "Não se preocupe, papai. Haverá muitas oportunidades..."

E voltou para a sala.

Sentei-me na cama e olhei pela janela, em direção ao espaço infinito. Pensei em meus pais e me perguntei se deveria abandonar a mania de escrever para o teatro e me tornar rabino. Pela porta entreaberta, vi Connie e Emily, ambas rindo para os convidados e, ao me olhar no espelho, só consegui murmurar para mim mesmo uma velha expressão de meu avô, significando aproximadamente "Que loucura..."

# **Meu tipo inesquecível**

Já se passaram quatro semanas e ainda não consigo acreditar que o Sandor Needleman morreu. No entanto, estive presente à sua cremação e, a pedido de seu filho, até levei os *marshmallows,* mas não conseguíamos pensar em nada, a não ser em nossa dor.

Needleman vivia obcecado a respeito do que fariam com seu corpo e chegou a me confessar certa vez: "Prefiro ser cremado a ser enterrado, embora prefira qualquer um dos dois a um fim de semana com minha mulher". Finalmente, decidiu que queria ser cremado e doou sua cinzas à Universidade de Heidelberg, a qual espalhou-as aos quatro ventos e sorteou a urna numa rifa.

Posso vê-lo como se fosse hoje, com seu terno amarrotado e suéter cinza. Constantemente preocupado com seu peso, costumava esquecer-se de tirar o cabide de dentro do casaco e usava-o com cabide e tudo. Chamei-lhe a atenção para isto durante uma conferência que estava pronunciando em Princeton. Ele sorriu com ar tranquilo e respondeu: "Tudo bem. Assim, aqueles que discordam de minhas teorias não tentarão montar em minhas costas".

Dois dias depois, foi hospitalizado em Bellevue ao tentar um salto-mortal durante uma conversa com Stravinsky.

Needleman não era fácil de compreender. Sua reticência era confundida com frieza, mas, no fundo, tinha um grande coração. Um dia, ao presenciar um horrível desastre numa mina, não conseguiu repetir sua sobremesa de torta de maçã. Seu silêncio também confundia as pessoas – na verdade, ele considerava a fala um meio de comunicação obsoleto, pelo que preferia dizer até mesmo suas coisas mais íntimas através de bandeirinhas de sinalização.

Quando foi compulsoriamente afastado da Universidade de Columbia devido a uma polêmica com o então reitor Dwight Eisenhower, preparou uma emboscada numa esquina para o famoso ex-general e deu-lhe tanto com um batedor de tapetes que Eisenhower teve de refugiar-se numa loja de brinquedos. (Os dois tiveram um grave desentendimento sobre se a campainha da escola assinalava o fim de uma aula ou o começo de outra.)

Needleman sempre esperou ter uma morte tranquila. "No máximo, entre meus livros e papéis, como meu irmão Johann", dizia. (O irmão de Needleman morreu sufocado quando o tampo de sua escrivaninha rolou sobre sua cabeça quando ele procurava um dicionário de rimas.)

Quem imaginaria que Needleman morreria ao assistir à demolição de um edifício, quando uma daquelas bolas de chumbo suspensas por um guindaste acertou-o em cheio na cabeça? A pancada foi fatal e Needleman expirou com um sorriso nos lábios. Suas últimas e enigmáticas palavras foram: "Não, obrigado, não estou precisando de pinguins".

Quando morreu, Needleman estava, como sempre, trabalhando em diversos projetos. Um deles era a criação de uma nova Ética, baseada em sua teoria de que "os bons costumes são não apenas mais morais, como podem ser praticados por telefone". Estava também quase completando um radical estudo semântico, no qual tentava provar que a estrutura da frase é inata, mas que o fanho é adquirido. E, finalmente, mais um livro sobre o Apocalipse, só que com detalhadas descrições das ferraduras dos cavalos usados pelos quatro cavaleiros do próprio. Needleman sempre fora obcecado pelo problema do mal e costumava sustentar que o verdadeiro mal só poderia ser praticado por pessoas usando polainas ou galochas. Seu breve namoro com o Nacional-Socialismo causou escândalo nos círculos acadêmicos, os quais ignoravam que, apesar das aulas de ginástica ou das lições de dança, Needleman nunca conseguiu executar um passo de ganso decente.

Para ele, o nazismo não passava de uma reação contra certo conservadorismo filosófico, opinião que ele tentava transmitir a seus amigos enquanto agarrava-lhes as bochechas com fingido entusiasmo, exclamando: "Ah! Apanhei-te, cavaquinho!". Hoje é fácil criticar seu apreço inicial por Hitler, mas devemos levar em consideração suas inclinações intelectuais. Needleman havia rejeitado a ontologia contemporânea e afirmava que o homem já existia antes do Infinito, só que com menos opções. Fazia distinção entre existência e Existência, e sabia que uma delas era a preferível, embora não se lembrasse de qual. A liberdade humana, para Needleman, consistia em ter consciência do absurdo da vida. "Deus não fala", ele escreveu, acrescentando: "Se pelo menos conseguíssemos fazer com que o homem calasse a boca!".

Segundo Needleman, o Ser Autêntico só era possível nos fins de semana e, mesmo assim, se tivesse carro. Em sua opinião, o homem não era uma coisa "fora" da natureza, mas estava envolvido "na natureza", e não poderia observar a sua própria existência a não ser que, a princípio, fingisse não estar ligando para ela e, em seguida, corresse para o outro lado da sala esperando ver a si mesmo.

Sua definição do processo existencial era *Angst Zeit,* o que pode ser traduzido livremente por "saqueira total", e sugeria que o homem era uma criatura destinada a existir no "tempo", embora nesse tempo não acontecesse nada. Depois de muita reflexão, a integridade intelectual de Needleman convenceu-o de que ele não existia, de que seus amigos não existiam e de que a única coisa real era um papagaio que ele tinha feito no banco, no valor de seis milhões de marcos. Talvez por isso tenha se encantado com o nazismo – ou porque, segundo suas próprias palavras, "Aquela camisa marrom combina bem com a cor dos meus olhos". Quando se tornou claro que o nazismo podia fazer-lhe mal à saúde, Needleman fugiu de Berlim. Disfarçado de arbusto e dando três passos curtos e rápidos de cada vez para os lados, conseguiu cruzar a fronteira sem ser percebido.

Em todos os países da Europa pelos quais perambulou foi auxiliado por estudantes e intelectuais fascinados por sua reputação. Em trânsito, deu-se ao luxo de publicar o seu definitivo *Tempo, essência e realidade: Uma reavaliação sistemática do nada*, além do delicioso e digestivo tratado *Melhores lugares para se comer enquanto se foge*. Chaim Weizmann e Martin Buber fizeram uma vaquinha e encheram abaixo-assinados para permitir que Needleman emigrasse para os Estados Unidos – infelizmente, na época, o hotel de sua predileção em Nova York não tinha vagas. Com os soldados alemães a poucos minutos de seu esconderijo em Praga, Needleman decidiu ir para a América de qualquer maneira, mas houve um incidente no aeroporto a respeito do seu excesso de bagagem. Albert Einstein, que estava no mesmo voo, convenceu-o de que, se ele deixasse para trás suas preciosas bigornas, poderia transportar o resto. Depois disso, os dois passaram a se corresponder com frequência. Einstein escreveu-lhe certa vez: "Minha obra e a sua são extraordinariamente semelhantes, embora eu não faça a menor ideia sobre de que trata a sua obra".

Finalmente na América, Needleman nunca mais deixou de ser assunto, principalmente depois que publicou o seu famoso *A não existência: o que fazer se você for subitamente atacado por ela*. E, quase em seguida, o seu grande clássico linguístico *Modos semânticos das funções não essenciais* foi adaptado para o cinema e transformou-se num campeão de bilheteria, sob o título de *Perigos de Nyoka.*

Para variar, Needleman foi obrigado a demitir-se da Universidade de Harvard devido às suas simpatias pelo Partido Comunista. Achava que só num sistema sem desigualdades econômicas poderia existir verdadeira liberdade, e citava como sua sociedade-modelo uma colônia de formigas. Costumava passar horas observando formigueiros, enquanto murmurava pensativo: "As formigas são incrivelmente harmoniosas. Se pelo menos suas fêmeas fossem mais bonitas..."

Quando Needleman foi chamado a depor perante o comitê macarthista, dedou todo mundo e justificou-se para as vítimas citando sua filosofia: "Os atos políticos não têm consequências morais porque só se passam fora da essência do verdadeiro Ser". A princípio, a comunidade acadêmica meditou sobre o assunto, e passaram-se duas semanas antes que o corpo docente de Princeton lhe desse uma sova. Incidentalmente, Needleman usou essa mesma argumentação para justificar seu conceito do amor livre, mas nenhuma das duas jovens estudantes deixou-se convencer, sendo que a de 16 anos chamou a polícia.

Needleman era radicalmente contra os testes nucleares. Certa vez, foi para Los Alamos, onde ele e vários estudantes recusaram-se a sair da área onde, pouco minutos depois, haveria uma explosão atômica. À medida que os minutos passavam e parecia que a explosão ocorreria de qualquer maneira, Needleman foi ouvido murmurando "Oh! Oh!" e, em seguida, visto correndo. O que os jornais não publicaram é que ele não tinha comido nada naquele dia.

É fácil lembrar o lado público de Needleman. O brilhante e sincero autor de *Fenomenologia dos Dodôs*. Mas é do outro Needleman, aquele com quem poucos privaram, de quem sempre me lembrarei. Sempre com um de seus chapéus favoritos. Aliás, foi cremado usando um. Primeira vez na história que isto aconteceu, creio eu. Ou o Needleman cuja paixão pelos filmes de Walt Disney era tanta que nem a mais lúcida e didática aula que recebeu de Max Planck sobre técnicas de animação dissuadiu-o de tentar telefonar para Minnie Mouse.

Quando Needleman hospedou-se em minha casa, lotei os armários da cozinha com uma determinada marca de atum em lata que sabia ser de sua predileção. Sua timidez impedia-o de confessar para mim o quanto amava os tais atuns, mas, um dia, julgando-se sozinho em casa, abriu todas as latas e passou horas sussurrando: "Vocês são umas delícias, meus filhinhos!".

Eu e minha filha o levamos à ópera em Milão. No meio do segundo ato, Needleman debruçou-se no balcão do camarote e caiu no poço da orquestra. Orgulhoso demais para admitir que tinha sido um acidente, passou a ir todas as noites à ópera e a cair lá de cima. Naturalmente, não demorou a ter um começo de concussão cerebral. Aconselhei-o a parar com aquilo, já que tinha provado a todos que não se tratara de um acidente. Mas ele foi firme: "Não. Mais algumas vezes ainda. Sabe que não dói tanto?".

Lembro-me do 70º aniversário de Needleman. Sua mulher deu-lhe um pijama de presente. Needleman ficou ostensivamente desapontado porque, ao que parece, esperava ganhar um Mercedes. Mesmo assim, foi lá dentro e vestiu o pijama, o qual usou até o fim da festa e com o qual compareceu à estreia de uma peça de Eugene O'Neill na noite seguinte.

## O CONDENADO

Brisseau estava adormecido ao luar. Deitado na cama, de barriga para cima e com a boca desenhando o mais idiota dos sorrisos, parecia uma espécie de objeto inanimado, mais ou menos como um funcionário público ou dois bilhetes para a ópera. Um segundo depois, quando rolou na cama e o luar que entrava pela janela iluminou-o de outro ângulo, parecia exatamente um jogo de panelas de 27 peças, incluindo a de cozinhar macarrão.

Brisseau está dormindo, pensou Cloquet, de pé ao seu lado, com o revólver na mão. *Ele* está dormindo, mas *eu* existo na vida real. Cloquet detestava a vida real, mas já se convencera de que era o único lugar onde se podia comer um bom churrasco. Até então, nunca tinha tirado uma vida. É verdade que já havia matado um cachorro, mas só depois que este fora dado como louco por uma junta de psiquiatras. (O animal foi diagnosticado como maníaco-depressivo após tentar morder o nariz de Cloquet e rolar de gargalhadas.)

Em seu sonho, Brisseau estava numa praia ensolarada, correndo alegremente em direção aos braços estendidos de sua mãe, mas, à medida que ele se aproximava daquela senhora de cabelos grisalhos, ela se transformava numa casquinha gigante de sorvete de flocos. Brisseau gemeu e Cloquet apontou o revólver. Tinha entrado pela janela e estava ali há mais de duas horas, de pé diante de Brisseau, mas incapaz de atirar. Houve um momento em que chegou até a armar o gatilho e encostar o cano bem na orelha esquerda de Brisseau. Mas ouviu o som da porta do quarto se abrindo e escondeu-se atrás do armário, deixando a pistola enfiada no ouvido de Brisseau.

Madame Brisseau, usando um roupão estampado e rolinhos na cabeça, entrou no quarto, acendeu um pequeno abajur e notou a arma que parecia sair da cabeça de seu marido. Quase maternalmente, suspirou e tirou-a dali, depositando-a no criado-mudo. Afofou o travesseiro, apagou a luzinha e saiu.

Cloquet, que desmaiara, acordou uma hora depois. Por um terrível momento, pensou que tinha voltado à infância e que vivia de novo na Riviera, mas, depois de 15 minutos em que não viu nenhum turista, convenceu-se de que continuava atrás do armário de Brisseau. Voltou à cama, pegou a arma e apontou-a novamente contra Brisseau, mas parecia continuar incapaz de disparar o tiro que acabaria com a vida daquele infame dedo-duro fascista.

Gaston Brisseau viera de uma família rica e direitista e desde criancinha decidira que se tornaria delator profissional. Chegara até a tomar aulas de dicção para aprender a delatar pessoas sem deixar margem a dúvidas. Certa vez, confessou a Cloquet: "Adoro dedar pessoas!".

"Mas, por quê?", perguntou Cloquet.

"Não sei. Algo a ver, talvez, com o fato de ter usado calças curtas até os 24 anos."

Brisseau não precisava de motivos, pensou Cloquet. Imperdoável maldade! Cloquet conhecera certa vez um argelino que adorava fazer cócegas nas pessoas pelas costas e, em seguida, negar que tivesse feito aquilo, mesmo que ambos estivessem sozinhos num elevador. Parecia-lhe que o mundo estava dividido em duas espécies de pessoas: as boas e as más. As primeiras dormiam melhor, mas as últimas se divertiam muito mais durante o dia.

Cloquet e Brisseau tinham se conhecido anos atrás, em circunstâncias dramáticas. Brisseau se embriagara certa noite no Deux Magots e saíra cambaleando em direção ao rio. Pensando que já estava em seu apartamento, tirou a roupa, mas, em vez de ir para a cama, deitou-se no Sena. Quando tentou puxar os lençóis para cobrir-se e viu-se coberto de água, começou a gritar. Cloquet, que naquele exato momento corria atrás da sua peruca levada pelo vento nas proximidades do Pont-Neuf, ouviu os gritos que partiam da água gelada. A noite estava fria e escura, e Cloquet tinha uma fração de segundo para decidir se valia a pena arriscar sua vida para salvar um estranho. Incapaz de tomar decisões tão súbitas com o estômago vazio, foi a um restaurante e jantou. Então, roído pelo remorso, comprou um caniço e voltou para pescar Brisseau para fora do rio. A princípio, tentou uma minhoca como isca, mas Brisseau não era bobo de morder. Finalmente, Cloquet conseguiu atrair Brisseau até perto da margem com uma oferta de lições de dança grátis e puxou-o com uma rede. Enquanto Brisseau estava sendo medido e pesado, os dois se tornariam amigos.

Agora, Cloquet estava pertinho de Brisseau, com a arma em punho. Uma sensação de náusea invadiu-o por dentro, à medida que pensava nas implicações de seu ato. Era uma náusea existencial, causada por uma aguda consciência do significado da vida, e que não poderia ser aliviada por um simples Alka-Seltzer. O que ele precisava era de um Alka-Seltzer existencial – um produto vendido em várias farmácias da Rive Gauche. Um enorme comprimido, do tamanho de uma calota de automóvel, e que, dissolvido em água, acabava com aquela espécie de azia provocada por excesso de *mauvaise conscience.* Cloquet tomava-o também depois de ver certos filmes de Fernandel.

Se matar Brisseau, pensava Cloquet, estarei me definindo como um assassino. Serei o Cloquet que mata, e não o respeitável professor que leciona Psicologia Avícola na Sorbonne. Se consumar minha intenção, terá sido uma decisão em nome de toda a humanidade. Mas, e se todo mundo resolver fazer o mesmo e vir aqui liquidar Brisseau? Que zorra! Para não falar na campainha tocando a noite inteira. A vizinhança acabaria reclamando. Ah, meu Deus, como a mente vagueia quando penetramos em considerações éticas ou morais! Melhor não pensar muito, e confiar mais nos instintos do corpo. O corpo é confiável. Comparece aos encontros, costuma ter boa aparência num traje esporte e é a única coisa de que dispomos quando estamos a fim de uma massagem.

Cloquet sentiu uma súbita necessidade de reafirmar-se de sua própria existência e olhou-se ao espelho sobre a cômoda de Brisseau. (Não conseguia resistir a passar por um espelho sem uma rápida olhada e, certa vez, mirou-se por tanto tempo na piscina de seu clube que o gerente foi obrigado a drená-la.) Mas era inútil. Não poderia atirar num homem. Deixou cair no chão a pistola e fugiu.

Já na rua, decidiu ir tomar um conhaque no La Coupole. Gostava do La Coupole porque estava sempre iluminado, cheio de gente e geralmente ele conseguia uma mesa. Bem ao contrário do seu próprio apartamento, que estava sempre escuro, vazio, e sua mãe, que vivia com ele, recusava-se a deixá-lo sentar-se. Mas, naquela noite, o La Coupole estava lotado. Quem serão todas essas pessoas? – perguntou-se Cloquet. Elas pareciam confundir-se numa abstração: "Pessoas". Mas não existem "pessoas", só indivíduos – pensou ele. Cloquet achou que esta era uma sacada brilhante, que ele poderia usar para impressionar alguém num jantar elegante, sem desconfiar que, justamente por causa de observações como esta, não era convidado para nenhuma espécie de reunião social desde 1931.

Decidiu ir à casa de Juliette.

"Matou-o?", ela perguntou.

"Sim", respondeu Cloquet.

"Tem certeza de que está morto?"

"Parecia mortíssimo. Fiz minha imitação de Maurice Chevalier, que costumava matá-lo de rir, e, desta vez, nada."

"Ótimo. Ele nunca mais voltará a trair o Partido."

Juliette era marxista – pensou Cloquet. E o tipo mais interessante de marxista: aquele com coxas longas e macias. Entre as relações de Cloquet, era uma das poucas mulheres capazes de lidar com dois conceitos absolutamente díspares ao mesmo tempo, tais como a dialética de Hegel e o motivo pelo qual, se alguém enfiar a língua na orelha de um homem enquanto ele faz um discurso, este começará imediatamente a falar com a voz de Jerry Lewis.

Juliette estava de pé à sua frente, gostosíssima, usando uma minissaia e uma camiseta do Partido e ele queria possuí-la – exatamente como possuía qualquer outro objeto, como rádio de pilha ou as orelhas de Mickey que usara para aterrorizar os nazistas durante a Ocupação.

Em poucos minutos, ele e Juliette estavam fazendo amor – ou apenas fazendo sexo? Ele sabia que havia uma diferença entre sexo e amor, mas sentia que qualquer um dos dois podia ser ótimo, desde que nenhum dos parceiros estivesse usando babador. As mulheres – pensava ele – eram uma presença terna e envolvente. Às vezes, aliás, tão envolvente que era difícil escapar delas, exceto para alguma coisa realmente importante, como o aniversário da mãe ou no caso de se ter sido sorteado como jurado. Cloquet tinha lido Sartre e achava que havia uma grande diferença entre o simples Estar e o Estar-no-Mundo, mas sabia que, não importava a que facção pertencesse, a outra estava se divertindo muito mais.

Dormiu tranquilamente após fazer sexo, como sempre, mas, na manhã seguinte, para sua grande surpresa, foi detido sob a acusação de ter assassinado Gaston Brisseau.

Na delegacia, Cloquet protestou ser inocente, mas foi informado de que suas impressões digitais tinham sido encontradas por todo o quarto de Brisseau, inclusive na pistola. Além disso, ao entrar na casa de Brisseau, Cloquet tinha cometido o brutal engano de assinar o livro de hóspedes. Não havia jeito. Estava frito.

O julgamento, que se deu algumas semanas depois, pareceu um circo, embora os meirinhos tivessem tido alguma dificuldade em acomodar os elefantes na sala do tribunal. O júri declarou Cloquet culpado e ele foi condenado à guilhotina. A comutação de sua pena para prisão perpétua foi vetada por uma pequena questão técnica, quando se descobriu que o advogado de Cloquet a havia requerido usando um bigode de cartolina preta.

Seis semanas depois, na véspera da execução, Cloquet estava sozinho em sua cela, ainda incapaz de acreditar nos acontecimentos dos últimos meses – principalmente naqueles absurdos elefantes no tribunal. À mesma hora, no dia seguinte, ele estaria morto. Cloquet sempre pensara na morte como algo que só acontecia aos outros. "Principalmente aos gordos e fumantes", chegara a dizer a seu advogado. Para Cloquet, a morte não passava de mais uma abstração. O que tenho *eu* a ver com o fato de os outros morrerem? Esta pergunta intrigou-o por dias e dias, até que um bilhete que lhe foi passado pelo carcereiro, por baixo da porta, esclareceu-lhe tudo. O bilhete dizia: "Tu sifo!". Era isso mesmo. Logo ele deixaria de existir.

Deixarei de existir, ele pensou conformado, mas Madame Plotnick, cujo rosto lembra uma lagosta, continuará por aí. Cloquet começou a ficar com medo. Se pudesse, sairia correndo e se esconderia, ou, melhor ainda, se transformaria em alguma coisa mais sólida e durável – um sofá, por exemplo. Um sofá não tem problemas. Fica no seu canto e ninguém o incomoda. Não precisa pagar aluguel, nem ter convicções políticas. Não prende o dedo em portas, nem usa cotonetes. Não tem de sorrir amarelo, nem de cortar o cabelo. Não bebe demais, nem dá vexame em festas. As pessoas sentam-se nele e, quando essas pessoas morrem, vêm outras e sentam-se do mesmo jeito. A lógica de Cloquet serviu para consolá-lo e, na madrugada seguinte, quando os carcereiros entraram em sua cela para raspar-lhe a cabeça, ele fingiu que era um sofá. Quando lhe perguntaram o que gostaria de comer em sua última refeição, disse: "Está perguntando a um sofá o que ele quer comer?". Os carcereiros lançaram-lhe um olhar compreensivo, e ele acrescentou: "Qualquer coisa, desde que com salada russa".

Cloquet sempre fora ateu, mas, quando o padre Bernard chegou, perguntou se ainda tinha tempo para converter-se.

Padre Bernard fez que não: "A essa altura do ano, receio que a maior parte das religiões já esteja lotada. O melhor que posso fazer, já que você requereu tão em cima da hora, é convertê-lo a alguma seita hindu. Mas vou precisar de uma foto sua, datada, tamanho passaporte".

Era inútil, refletiu Cloquet. Terei de enfrentar meu destino sozinho. Deus não existe. A vida não tem sentido. Nada dura para sempre. Mesmo as peças de Shakespeare desaparecerão quando o universo chegar ao fim! – tudo bem se se tratar de uma droga como *Titus Andronicus,* mas, e as outras??? Não admira que algumas pessoas cometam suicídio! Por que não acabar logo com esse absurdo? Por que insistir nessa charada oca chamada vida? Realmente, por quê? – exceto que, em algum lugar dentro de nós, uma voz insiste em dizer: "Viva". De alguma região em nosso interior, podemos ouvir a ordem: "Você *tem* que viver!". Cloquet reconheceu imediatamente a voz: era o seu agente de seguros. Claro – ele pensou –, Fishbein não quer pagar a porra da apólice!

Cloquet queria ser livre – sair daquela prisão e pular amarelinha na calçada. (Sempre pulava amarelinha quando se sentia feliz. Na realidade, foi esse hábito que o livrou do serviço militar.) A ideia da liberdade fez com que ele se sentisse, simultaneamente, ótimo e péssimo. Se eu fosse verdadeiramente livre, pensou, poderia exercer ao máximo minhas possibilidades. Talvez me tornasse ventríloquo, como sempre desejei. Ou fazer uma *performance* no Louvre, usando meu par de pernas de pau.

    Ficou tonto ao pensar nessas possibilidades e já estava a ponto de desmaiar, quando um guarda abriu a porta da prisão e disse-lhe que o verdadeiro assassino de Brisseau acabara de confessar. Cloquet estava livre. Ajoelhou-se, chorou, beijou o chão da cela, dançou e cantou *A Marselhesa.* Três dias depois, foi atirado de novo na cela por ter feito uma *performance* no Louvre, usando seu par de pernas de pau.

# A AMEAÇA DO OVNI

Os OVNIs estão de novo em moda. Não acham que já é hora de se estudar o fenômeno com seriedade? (Neste momento, por exemplo, são 8:10 e já estamos atrasados.) Até há pouco, discos voadores eram considerados coisas de pirados e pinéis. Realmente, as pessoas que juravam ter visto discos admitiam ser membros de um ou de outro grupo, quando não de ambos. Mas tanta gente séria andou vendo discos ultimamente que a Aeronáutica e a comunidade científica decidiram rever sua posição cética e dedicar nada menos que 200 dólares anuais para um estudo abrangente do fenômeno. A grande pergunta é: os discos voadores existem? E, em caso positivo, como fazem para reabastecer durante os fins de semana?

Nem todos os OVNIs devem ser necessariamente de origem extraterrestre, mas os peritos concordam em que qualquer espaçonave capaz de riscar os céus à velocidade de doze mil quilômetros por segundo exigiria borracheiro e lanternagem tão incríveis que só seriam encontráveis em Plutão. Se essas espaçonaves realmente existem, a civilização capaz de criá-las deve estar milhões de anos à nossa frente. Ou então teve muita sorte. O prof. Leon Specimens prega a existência de uma civilização extraterrestre mais avançada que a nossa exatamente 15 minutos. O que, segundo ele, dá a esses marcianos uma grande vantagem, já que não precisam correr para chegar aos encontros na hora marcada.

O Dr. Brackish Menzies, que trabalha no Observatório de Monte Wilson, ou está em observação no Hospício de Monte Wilson (sua letra não é muito legível), afirma que, se tais seres viajassem à velocidade da luz, levariam milhões de anos para chegar à Terra, mesmo que viessem do mais próximo sistema solar, e que, a julgar pela má qualidade das peças atualmente em cartaz, tal expedição dificilmente valeria a pena. (É impossível viajar mais depressa que a luz, nem mesmo muito aconselhável, já que o viajante chegará ao destino *antes* de ter partido, o que lhe permitirá dar flagras desagradáveis em sua legítima esposa.)

Curiosamente, segundo os astrônomos modernos, o espaço é infinito. O que pode ser um alívio para aqueles que nunca se lembram onde esqueceram as chaves do carro ou o guarda-chuva. O mais importante nesse estudo do universo é que este está em expansão e, qualquer dia desses, irá explodir e desaparecer. O que nos leva à óbvia conclusão de que, se a *sua* secretária ou datilógrafa é loura e de olhos azuis, mas tem um Q.I. abaixo de zero, é melhor contentar-se mesmo com ela.

A pergunta mais frequente a respeito dos OVNIs é a seguinte: se os discos vêm do espaço exterior, por que seus pilotos não entram em contato conosco, em vez de insistirem nesses ridículos voos rasantes sobre áreas desertas? Talvez esse tipo de voo seja proibido pelas leis da aviação em seus planetas de origem e eles venham aqui para se divertir, sabendo que não terão seus *brevets* apreendidos. (Eu próprio andei dando alguns voos rasantes sobre uma atrizinha de 18 anos há algum tempo, e nunca me diverti tanto.) Não devemos esquecer também que, quando falamos de "vida" em outros planetas, estamos nos referindo aos aminoácidos, os quais nunca são muito gregários, mesmo nas festas.

Muitas pessoas tendem a pensar nos OVNIs como um fenômeno moderno, mas nada impede que eles venham intrigando a humanidade há séculos. (Para nós, um século parece uma eternidade, principalmente se tivermos papagaios no banco, mas, pelos padrões astronômicos, um século costuma durar exatamente 100 anos. Por esta razão, é conveniente trazer sempre uma escova de dentes sobressalente, em caso de fuga pela janela.) Os estudiosos nos ensinam que visões de objetos voadores não identificados datam dos tempos bíblicos. Por exemplo, a seguinte passagem do Levítico: "E uma grande bola prateada apareceu sobre o exército assírio, e em toda a Babilônia houve choro e ranger de dentes, até que os Profetas mandaram todo mundo tomar vergonha na cara".

Não seria este mesmo fenômeno o relatado anos mais tarde por Parmênides: "Três objetos laranja surgiram subitamente nos céus e cercaram o centro de Atenas, fazendo voos rasantes sobre as termas da cidade e obrigando alguns dos nossos mais conceituados filósofos a se protegerem com suas toalhas". E não seriam também os tais "objetos laranja" semelhantes aos descritos num manuscrito provençal do século XII, recém-descoberto: "L'aura amara fals bruoills brancutz clarzir quel doutz espeissa ab fuoills, els letz becs dels auzels ramencs. Obrecato, oiventis di caza y dou auditorium"?

Esse último relato, que alguns atribuem a Dante, foi transcrito por um monge medieval, o qual aproveitou o ensejo para anunciar que o mundo ia acabar naquele fim de semana, declaração essa que provocou grande desapontamento quando o sol raiou na segunda-feira e tudo mundo teve de voltar para o trabalho.

Finalmente – e definitivamente –, em 1822, o próprio Goethe descreveu o seguinte fenômeno celeste: "*En route* para casa, vindo do Festival de Ansiedade de Leipzig, eu subia uma colina quando olhei para o céu e vi várias bolas de fogo. Elas desciam em grande velocidade e pareciam vir em minha direção. Gritei que era um gênio e, por isso, não podia correr muito depressa, mas de nada adiantaram minhas palavras. Fiquei puto da vida e comecei a dizer palavrões para as malditas bolas avermelhadas, no que elas imediatamente se mancaram e desapareceram na infinitude do céu. Mais tarde, contei essa história a Beethoven, sem desconfiar de que ele já estava completamente surdo, motivo pelo qual limitava-se a fazer que sim com a cabeça e a murmurar: 'Isso daí'."

Geralmente, quando se estuda detalhadamente a aparição de objetos voadores "não identificados" descobre-se que não passam de balões juninos, míseros sputiniks e até mesmo um homem chamado Lewis Mandelbaum, que saltou do World Trade Center, em Nova York, conseguindo permanecer cerca de dois metros acima do nível da torre, antes de iniciar a inevitável escalada descendente. Um dos típicos incidentes "explicáveis" foi o relatado por Sir Chester Ramsbotton em 5 de junho de 1961, em Shropshire: "Eu estava em meu carro numa estrada escura, por volta de umas duas da manhã, quando vi pelo retrovisor um estranho objeto de forma oblonga me perseguindo. Tentei despistá-lo, mas não consegui – ele continuava atrás de mim. Era uma coisa oblonga, brilhante e incandescente e, por mais que eu fizesse as curvas em altíssima velocidade, o bicho continuava firme no espelho. Fiquei assustado e comecei a suar. Finalmente, deixei escapar um gemido de terror e, ao que parece, desmaiei. Horas depois, acordei num hospital, milagrosamente a salvo". Uma acurada investigação provou que o "objeto de forma oblonga" visto por Sir Chester era o seu próprio nariz. Naturalmente, todas as suas tentativas de despistá-lo foram inúteis, já que ele continuava acoplado ao seu próprio rosto.

Outro incidente explicável ocorreu em fins de abril de 1972, quando o general de exército Curtis Memling, da Base Aérea de Andrews, relatou o seguinte: "Eu estava caminhando pelo campo à noite quando vi um enorme disco prateado no céu. O disco desceu em minha direção e, a menos de 30 metros do solo, começou a descrever parábolas impossíveis para qualquer aeronave terrestre. Finalmente, acelerou e desapareceu em incrível velocidade".

O que, aos olhos dos pesquisadores, comprometeu a narrativa do general Memling foi o fato de ele descrever o incidente entre risotas incontroláveis. O general admitiria depois que tinha visto o "disco" depois de ter acabado de ver na televisão um filme chamado *A Guerra dos Mundos* e de ter ficado "muito impressionado". O fato de ele ser um fanático leitor de gibis de ficção científica não influenciou os jurados que o condenaram unanimemente à corte marcial.

Bem, se a maioria das visões de OVNIs pode ser explicada, como explicar aquelas que *não* podem? Eis alguns dos mais estranhos exemplos de mistérios "não resolvidos", a começar pelo descrito por um cidadão de Boston em maio de 1969: "Eu passeava à noite pela praia com minha esposa. Não se pode dizer que ela seja uma mulher muito atraente. Para ser franco, pesa 180 quilos. Aliás, naquele momento, eu a empurrava no seu carrinho de rodas pela areia. De repente, vi no céu um grande disco branco que parecia perder altura em grande velocidade. Acho que fiquei apavorado, porque soltei as alças do carrinho e saí correndo. O disco passou diretamente sobre minha cabeça e pude ouvir nitidamente uma voz metálica me dizendo: 'Chame o seu bip'. Quando cheguei em casa, liguei para o bip e fui informado de que meu irmão Ralph tinha se mudado e que, a partir daí, toda a sua correspondência deveria ser enviada para Cuiabá, Brasil. Nunca mais o vi. Minha senhora sofreu uma séria crise nervosa por causa do incidente e, desde então, não consegue falar, exceto pelo nariz".

Relato do Sr. I. M. Axelbank, de Atenas, Geórgia, em fevereiro de 1971: "Sou piloto profissional. Estava pilotando meu Cessna particular, do Novo México até Amarillo, no Texas, a fim de bombardear algumas pessoas cujas crenças religiosas não coincidiam com as minhas, quando notei um objeto voador ao meu lado. A princípio, pensei que fosse outro avião, até que ele emitiu um facho de luz verde, obrigando-me a descer cinco mil metros em menos de quatro segundos e fazendo com que minha peruca voasse de minha cabeça e abrisse um buraco de cerca de 50 centímetros no teto. Tentei chamar a torre, mas, por qualquer motivo, só conseguia sintonizar jogos da 2ª divisão. O OVNI ficou bem perto de meu avião e então desapareceu num piscar de olhos. Continuei voando rente ao chão até chocar-me com um galinheiro, no que voaram várias asas de galinha e as minhas próprias asas".

Um dos mais grilantes acontecimentos ocorreu em agosto de 1975, com um sujeito em Montauk

Point, Long Island: "Estava deitado na minha casa de praia, mas não conseguia dormir por causa de uma galinha assada na geladeira, a respeito da qual me sentia com todos os direitos. Esperei até minha mulher chegar da rua, na ponta dos pés, e cambalear até a geladeira. Lembro-me de ter olhado o relógio. Eram precisamente 4:15 da manhã. Tenho certeza disto porque nosso relógio está parado há 21 anos exatamente nesta hora. Notei também que nosso cão, Judas, parecia esquisito. Se não, não estaria sentado, cantando 'As Time Goes By'. De repente, o quarto ficou inteiramente laranja. A princípio, pensei que minha mulher tivesse notado que eu havia assaltado a geladeira e posto fogo na casa. Mas, aí, olhei pela janela e vi aquele objeto em forma de charuto flutuando sobre as árvores no quintal e emitindo a tal luz laranja. Fiquei, como se diz, estupefato, pelo que me pareceram horas, embora nosso relógio continuasse marcando 4:15. Finalmente, uma espécie de mão mecânica saiu da espaçonave, entrou pela janela e arrancou de minha boca a coxa de galinha que eu já estava a ponto de engolir – e rapidamente retirou-se. No segundo seguinte, a espaçonave alçou voo e sumiu de minha vista. Quando relatei o incidente à Aeronáutica, disseram-me que o que eu tinha visto não passara de um bando de andorinhas. Então foi tudo uma alucinação? Não, porque o Coronel Quincy Bascomb, em pessoa, prometeu que a Aeronáutica devolveria minha coxa de galinha. Mas, até agora, pelo menos, só recebi uma asa de frango. E detesto asa!".

Um último relato, de janeiro de 1977, de dois capiaus da Louisiana: "A gente tava pescando no brejo. A gente é eu e o Roy. Não, num tava bebendo. O Roy é que tinha um mé no embornal, por via das dúvidas. Ali pela meia-noite, pintou no céu um bicho amarelo parecido com um disco. Quando chegou perto do chão, tava tão redondinho que o Roy pensou que fosse a mulher dele e até deu um tiro nela. Eu disse, 'Roy, não é sua mulher, porque é amarelo-canário. Se fosse outro amarelo...' O bicho pousou e dele saíram umas criaturas. Nós com a vara na mão. As figuras que saíram pareciam sabe com quê? Com fogãozinhos jacaré, só que sem as trempes. O chefe parecia butijão de gás, só que com rodinhas. Me fizeram sinal para entrar no trem deles e Roy ficou puto da vida. Por que eu, e não ele? Caguei. Assim que entrei, me espetaram a bunda com uma injeção que me deixou tal e qual um crítico de Nova York que acha a música caipira a maior merda do mundo. Os fogãozinhos falavam uma língua esquisita, mais complicada ainda que a das contas de gás que a gente recebe no fim do mês. Dentro do aviãozão deles, me fizeram um check up completo, não sei por que, já que não tenho gonorreia há uns dois meses. Uns 10 minutos depois, já tinham aprendido a minha língua, o que eu levei anos pra conseguir, embora ainda cometessem erros primários, tais como confundir *hermenêutica* com *heurística*. Quem manda eles serem tão burros?".

"Daí uns tempos, me disseram que eram de outra galáxia e que estavam aqui pra dizer pro pessoal pra acabar com essa história de guerra, senão eles voltavam com umas armas modernas e capavam todo mundo na Terra, sem ninguém perceber. Aí eu dei uma de macho e gritei: 'Que que há, tou noivo da Claire, e não tou a fim de guerra!'. Eles prometeram me examinar e mandar o resultado 48 horas depois. Tou esperando até hoje. A Claire também. Aliás, ela anda meio sumida. O Roy também."

# O caso Kugelmass

Kugelmass, professor de literatura na Universidade de Nova York, era malcasado pela segunda vez. Sua mulher, Daphne Kugelmass, era uma zebra. Kugelmass tinha dois filhos igualmente chatos de sua primeira mulher, Flo, e estava até aqui com a pensão que lhe descontavam na fonte todo mês.

"Como eu poderia adivinhar que ela ia ficar desse jeito?", gemeu Kugelmass para seu analista. "Daphne prometia tanto. Nunca imaginei que fosse relaxar e inflar como um balão publicitário. Além disso, tinha um dinheirinho, o que, em si, não é uma razão para a gente casar, mas que também não machuca, principalmente com o *meu* jeito para negócios. Está entendendo?"

Kugelmass era tão calvo quanto peludo no resto do corpo, mas sabem, era *gente*.

"Preciso conhecer uma mulher diferente", continuou. "Preciso ter um *caso*. Posso não parecer, mas sou romântico pra chuchu! Preciso namorar, preciso de delicadeza. Não estou ficando mais novo a cada dia e, antes que seja tarde demais, quero me apaixonar em Veneza, flertar com Bo Derek e trocar olhares de mormaço com gatinhas à luz de velas, tomando vinho! Por que todo mundo faz isso, menos eu?"

O Dr. Mandel trocou de pernas na cadeira e disse, implacável: "Um *caso* não resolverá nada. Você não está sendo realista. Seus problemas são muito mais profundos".

"Mas tem que ser discreto", continuou Kugelmass, ignorando-o. "Não posso me dar ao luxo de um segundo divórcio. Daphne me chuparia o sangue!"

"Sr. Kugelmass..."

"E nem pode ser com qualquer garota da universidade, porque Daphne também trabalha lá. Para dizer a verdade, nenhuma delas me dá tesão. Mas, quem sabe, uma secundarista...

"Sr. Kugelmass..."

"Preciso de ajuda. Tive um sonho ontem à noite. Sonhei que estava me esgueirando entre uns arbustos, carregando uma cesta de piquenique. Na cesta estava escrito: Alternativas. Só que a cesta estava furada!"

"Sr. Kugelmass, a pior coisa que o senhor poderia fazer seria dar tanta bandeira. Contente-se em expressar os seus sentimentos aqui, e tentaremos analisá-los juntos. O seu tratamento já dura há bastante tempo para que o senhor saiba que não existe cura da noite para o dia. Sou apenas um analista, não um mágico."

"Então, acho que preciso de um mágico", disse Kugelmass, levantando-se do divã e, com isso, encerrando sua longa terapia.

Algumas semanas depois, Kugelmass e Daphne estavam se entediando em casa, à noite, quando o telefone tocou.

"Deixe que eu atendo", disse Kugelmass. "Alô."

"Sr. Kugelmass", falou uma voz. "Aqui é Persky."

"Quem?"

"Persky. Talvez o senhor me conheça como O Grande Persky."

"Desculpe, não estou entendendo."

"Ouvi dizer que o senhor tem procurado em toda a cidade por um médico capaz de acrescentar um pouco mais de exotismo à sua vida. Estarei errado?"

"Pssssiu!" sussurrou Kugelmass. "Não desligue. Me dê seu telefone, Persky! Chamarei assim que puder!"

Na tarde seguinte, Kugelmass subiu três lances de escada até um apartamento num edifício caindo aos pedaços, num dos piores bairros do Brooklyn. Tateando pelas trevas do *hall*, encontrou o botão da campainha e apertou-o. Ainda vou me arrepender disso, pensou.

Segundos depois, a porta foi aberta por um sujeito feio, baixinho e de cabelo sujo.

*"Você* é Persky, O Grande?", perguntou Kugelmass.

"O Grande Persky. Entre. Aceita um chá?"

"Não. O que eu quero é romance, música, amor e beleza!"

"Tudo isso, e não um chá? Que estranho! Sente-se."

Persky foi ao quarto dos fundos, e Kugelmass ouviu sons de mobília sendo arrastada. Persky reapareceu, empurrando um enorme móvel sobre rodinhas rangentes. Era uma espécie de armário chinês, com a laca já descascando, que ele tirou de sob lençóis de seda amarelados e do qual soprou uma nuvem de poeira.

"Persky", disse Kugelmass, "se isto é uma piada..."

"Preste atenção", disse Persky. "Sua satisfação garantida ou seu dinheiro de volta. Inventei isto para um encontro com Ben-Hur, mas minha cliente deu o bolo. Entre no armário."

"O que você vai fazer? Atravessar espadas através dele?"

"Está vendo alguma espada por aqui?"

Kugelmass olhou de soslaio e entrou no armário.

"Persky, estou avisando que..."

"Pô, não torre!", disse Persky. "A coisa funciona assim: se eu jogar qualquer livro nesse armário quando você estiver dentro, fechar as portas e der três pancadinhas, você se verá projetado dentro do livro!"

"Persky, adorei te conhecer, mas..."

"Juro!", exclamou Persky. "E não apenas romances. Contos, peças, poemas, o que você quiser! Você poderá conhecer qualquer das grandes mulheres criadas pelos maiores escritores. Qualquer uma com quem tenha sonhado! E vai se dar bem com ela. Quando quiser voltar, basta dar um grito e eu o trarei numa fração de segundo."

"Persky, você não é meio biruta?"

"Estou lhe dizendo que funciona."

Kugelmass continuou meio cético: "Está tentando me provar que essa baiuca pode me transportar a qualquer lugar com que eu sonhe?".

"Por 20 dólares."

"Só vou acreditar quando ver", disse Kugelmass, levando a mão à carteira.

Persky embolsou os 20 dólares e virou-se para suas estantes: "Bem, quem você gostaria de conhecer? Ligeia, Morella, Berenice – as grandes personagens de Edgar Allan Poe? Isadora Wing, a heroína de *Medo de Voar?* Moby Dick?".

"Francesa. Quero ter um *affair* com uma personagem de um grande romance francês."

"Que tal Naná, de Émile Zola?"

"Não quero ter de pagar."

"E Natasha, de *Guerra e Paz*?"

"Eu disse francesa. Essa é russa. Hei! E Madame Bovary? É isso aí: Emma Bovary! É perfeita!"

"Tudo bem, Kugelmass. Assovie quando quiser voltar." Persky jogou no armário uma edição de bolso do imortal romance de Flaubert.

"Tem certeza de que isso não é arriscado?", Kugelmass ainda perguntou a Persky quando este começou a fechar as portas.

"Arriscado? O que não é arriscado nesse mundo louco?" Persky deu três pancadinhas na porta do armário e então abriu as portas de par em par.

Kugelmass tinha desaparecido. Naquele mesmo momento, ele reapareceu no quarto da casa de Charles e Emma Bovary, em Yonville. À sua frente, uma linda mulher, sozinha, de costas para ele, dobrando alguns lençóis. Não acredito – pensou Kugelmass, estatelado diante da desbundante mulher do médico. Isso é impossível. É ela *mesmo*. E eu *estou* aqui!

Emma virou-se assustada: "Meu Deus, quem é você?". Falava tão fluentemente quanto na tradução que Kugelmass tinha lido no livrinho de bolso.

Era demais, ele pensou. E, só então se dando conta de que era com ele que ela falava, Kugelmass tartamudeou: "Perdão, meu nome é Sidney Kugelmass, trabalho na Universidade de Nova York, sou professor de literatura. A uns três quarteirões da Broadway, sabe? Bem, quero dizer...".

A jovem Emma Bovary deu um sorriso ligeiramente sacana e disse: "Gostaria de beber alguma coisa? Um vinho, talvez?".

Ela é linda, pensou Kugelmass. Que contraste com o troglodita que partilha sua cama. Sentiu um súbito impulso de arrebatar essa visão em seus braços e dizer-lhe que ela era a espécie de mulher com que ele sempre sonhara.

"Vinho, aceito", gaguejou. "Branco. Não, tinto. Não, branco. Quer dizer, branco."

"Charles ficará fora o dia todo", disse Emma, com a voz cheia de sutis implicações.

Depois do vinho, foram dar uma volta pelos jardins. "Sempre imaginei que, um dia, um misterioso estranho surgiria em Yonville e me resgataria da cruel monotonia dessa grosseira existência rural", disse Emma, tomando a mão de Kugelmass nas suas. Passaram por uma pequena igreja: "Adoro suas roupas. Nunca vi nada igual por aqui. São... tão modernas!".

"Ora, é apenas um terno", disse Kugelmass, romanticamente. "Desses que você compra com duas calças, na Ducal." De repente, ele a beijou. Durante uma hora, eles se reclinaram contra uma árvore e sussurraram coisas profundas e significantes um para o outro. Então, Kugelmass levantou-se – lembrou-se de que tinha marcado encontro com Daphne na Bloomingdale's. "Preciso ir", disse a Emma. "Mas não se preocupe. Voltarei breve."

"Espero que sim", suspirou Emma.

Ele a abraçou apaixonadamente, e os dois caminharam de volta para casa. Kugelmass tomou o rosto de Emma em suas mãos, beijou-a novamente e berrou: "Ok, Persky! Vamo nessa! Tenho de estar na Bloomingdale's às 3 e meia!"

Ouviu-se um ruído tipo *pop!* e Kugelmass estava de volta ao Brooklyn.

"Então? Não era verdade?", perguntou Persky.

"Olhe, Persky, preciso chispar agora, mas quando posso voltar? Amanhã?"

"O prazer será todo meu. Basta trazer os vinte. E não fale disto para ninguém."

Kugelmass tomou um táxi e voou para o centro da cidade. Seu coração dançava dentro do peito. Estou apaixonado – pensava –, sou o possuidor de um segredo maravilhoso. O que ele não sabia é que, naquele exato momento, estudantes de literatura em todas as universidades do país perguntavam a seus professores: "Quem é esse judeu careca que entrou na história por volta da p. 100 e já foi logo beijando Madame Bovary?" Um professor de Sioux Falls, Dakota do Sul, suspirou e pensou: "Meu Deus, esses meninos de hoje, com a cabeça cheia de ácido! O que não passa por suas mentes!"

Daphne Kugelmass estava na seção de acessórios para banheiros da Bloomingdale's quando seu marido chegou quase sem fôlego. "Onde estava?", perguntou. "Já são 4 e meia. Não usa relógio?"

"Fiquei preso num engarrafamento", murmurou Kugelmass.

Kugelmass voltou à casa de Persky no dia seguinte e, em poucos minutos, foi transportado magicamente a Yonville pela segunda vez. Emma não conseguiu esconder sua excitação ao vê-lo. Os dois passaram horas juntos, rindo e falando de seus diferentes *backgrounds,* e só então fizeram amor. "Meu Deus, estou trepando com Madame Bovary!", Kugelmass pensou. "Logo eu, que fui reprovado em francês!"

Nos meses seguintes, Kugelmass visitou Persky muitas vezes e desenvolveu uma íntima e apaixonada relação com Emma Bovary. "Não se esqueça de me botar no livro antes da p. 120", disse Kugelmass ao mágico certo dia. "Só posso encontrá-la até ela não se ligar ao tal de Rodolphe".

"Por quê? Não é páreo para ele?", perguntou Persky.

"Páreo? O cara é rico. Não tem nada a fazer, exceto namorar e andar a cavalo. Para mim, é um daqueles bonecos que você vê nos anúncios de publicidade. Só que com um penteado tipo Helmut Berger. Mas, para ela, é o máximo."

"E o marido, não suspeita de nada?"

"É manso. Nem sabe o que tem em casa. Às 10 da noite, vai de camisola para a cama, justamente quando ela está a toda, querendo dançar. Ora, esqueça. Me mande pra lá."

E mais uma vez Kugelmass entrou no armário e foi transportado para o lar dos Bovary em Yonville. "E aí, teteia?", disse a Emma.

"Oh, Kugelmass", suspirou Emma. "O que tenho de aguentar! Ontem à noite, Charles dormiu durante a sobremesa com o rosto no *soufflé*. Eu, com o coração aos pulos, sonhando com o balé e o Maxim's, e tendo de ouvir aqueles roncos ao meu lado!"

"Tudo bem, chuchu, estou aqui agora." Kugelmass a abraçou. Eu mereço isto – pensou –, aspirando o legítimo perfume francês de Emma e enterrando o nariz em seus cabelos. Sofri demais e paguei muitos analistas buscando um sentido para minha vida. Ela é jovem e cheia de paixão. Bastou que eu entrasse no capítulo certo, algumas páginas depois de Leon e antes de Rodolphe, para dominar a situação.

Emma sentia-se tão feliz quanto Kugelmass. Sedenta de excitação, ouvia-o fascinada quando ele falava das noites de Nova York, das peças da Broadway, dos filmes de Hollywood, dos programas de televisão.

"Fale-me de novo sobre Ernest Borgnine."

"O que mais posso dizer? É gênio. Seus filmes são sempre profundos."

"E os prêmios da Academia?", perguntou Emma, sonhadora. "Daria tudo para ganhar um *Oscar*."

"Primeiro, você tem de ser indicada."

"Eu sei. Você me explicou. Tenho certeza de que poderia ser ótima atriz. Claro, teria que tomar uma ou duas lições. Talvez com Lee Strasberg. Mas, se você me arranjasse um bom agente..."

"Podemos ver isso. Vou falar com Persky."

De volta ao apartamento de Persky, Kugelmass teve a ideia de trazer Emma para visitá-lo em Nova York.

"Deixe-me pensar", disse Persky. "Talvez dê pé. Já fiz coisas mais difíceis." Mas não conseguiu se lembrar de nenhuma.

"Onde tem se enfiado o tempo todo?", rosnou Daphne Kugelmass quando seu marido chegou tarde em casa, naquela noite. "Transando com alguma piranha?"

"Exatamente. Faz bem o meu gênero, você sabe"; Kugelmass não estava com muita paciência. "Fui visitar Leonard Popkin. Ficamos discutindo sobre o socialismo agrário da Polônia. Popkin é maluco por essas coisas."

"Você anda muito esquisito ultimamente. Distante. Não se esqueça do aniversário de papai no sábado, está ouvindo?"

"Está bem, está bem", disse Kugelmass, correndo para o banheiro.

"Minha família inteira vai comparecer. Vamos ver os gêmeos. E finalmente você vai conhecer o primo Hamish. Não seja estúpido com ele como é com os outros. Patati, patatá."

Kugelmass fechou a porta do banheiro, abafando o cacarejo de Daphne. Em poucas horas, estaria de volta a Yonville, nos braços de sua amada. E, se tudo desse certo, desta vez ele traria Emma para o seu mundo.

Às 3:15 da tarde seguinte, Persky fez sua mágica de novo. Kugelmass surgiu diante de Emma, sorridente e ansiosa. Os dois passaram algumas horas em Yonville com Binet e subiram novamente para a carruagem. Seguindo as instruções de Persky, abraçaram-se apertados, fecharam os olhos e contaram até dez. Quando abriram os olhos, a carruagem estava estacionada diante da porta lateral do Plaza Hotel, onde Kugelmass, otimisticamente, havia reservado uma suíte naquele dia.

"Que maravilha! É exatamente como sonhei que seria!", exclamava Emma, rodopiando pela suíte, enquanto contemplava a cidade pela janela. "Lá está o Central Park. O edifício da Pan-Am. E qual daqueles é o Macy's? Oh! É tudo tão divino!"

Sobre a cama, caixas contendo legítimos Halstons e Saint Laurents. Emma abriu uma delas e provou ao espelho as calças de veludo pretas sobre o seu corpo perfeito.

"Comprei numa liquidação, mas você ficará parecendo uma rainha", disse Kugelmass. "Venha cá, neném. Um beijo."

"Nunca me senti tão feliz! Vamos sair! Quero ver *Chorus Line,* visitar o Guggenheim e conhecer este Jack Nicholson de quem você fala tanto. Está passando algum filme dele na Times Square?"

"Não consigo entender", disse um professor da Universidade de Stanford aos seus alunos. "Primeiro, um personagem chamado Kugelmass entra no livro. Depois, Emma desaparece do romance. Que loucura! Bem, acho que os grandes clássicos da literatura são assim mesmo – podemos lê-los mil vezes e sempre descobrimos coisas novas."

Os amantes passaram um fim de semana glorioso. Kugelmass havia dito a Daphne que iria a Boston para um simpósio e que só retornaria na segunda-feira. Saboreando cada minuto, ele e Emma foram ao cinema, jantaram em Chinatown, dançaram em discotecas e viram as sessões-coruja da televisão. No domingo, dormiram até meio-dia, visitaram o Soho e espiaram as celebridades no Elaine's. À noite, pediram caviar e champagne em sua suíte e conversaram até raiar o dia. Na manhã de segunda, no táxi rumo ao apartamento de Persky, Kugelmass pensava: Foi infernal, mas valeu a pena. Não posso trazê-la aqui frequentemente, mas, de vez em quando, será bom variar de Yonville.

Na casa de Persky, Emma entrou no armário, pôs todas as suas bolsas de compras no colo e beijou Kugelmass carinhosamente. "Na próxima vez, você sabe onde é", disse com uma piscadela marota. Persky deu as três pancadinhas no armário. Nada aconteceu.

"Epa", resmungou Persky, coçando a cabeça. Bateu de novo, mas a mágica não aconteceu. "Alguma coisa está errada."

"Persky, está brincando?", gritou Kugelmass. "Como não funciona?"

"Calma, calma. Ainda está aí, Emma?"

"Sim."

Persky bateu de novo, desta vez mais forte.

"Ainda estou aqui, Persky."

"Eu sei, querida. Fique fria."

"Persky, nós *temos* que mandá-la de volta", sussurrou Kugelmass. "Sou casado e tenho uma aula daqui a três horas. Não estou preparado para nada além de um flerte a essa altura!"

"Não consigo entender", gemeu Persky. "O truque é tão simples!" Outras tentativas em vão. "Vai levar algum tempo", disse a Kugelmass. "Vou ter de desmontar o armário. Voltem mais tarde."

Kugelmass levou Emma de táxi de volta ao Plaza e mal conseguiu chegar na faculdade a tempo. Ficou no telefone o dia todo com Persky e sua amante. O mágico informou-o de que talvez levasse alguns dias para descobrir a causa do problema.

"Como foi o simpósio?", perguntou Daphne aquela noite.

"Ótimo, ótimo", respondeu Kugelmass, acendendo o filtro de seu cigarro.

"Que houve? Você parece uma pilha de nervos."

"Quem, eu? Ha-ha-ha *(riso histérico)*. Estou calmo como uma brisa de verão. Vou dar uma volta." Escapou pela porta, tomou um táxi e foi para o Plaza.

"Estou preocupada", disse Emma. "Charles vai acabar sentindo minha falta."

"Confie em mim, querida." Kugelmass estava pálido e suava. Beijou-a de novo, correu para o elevador, esbravejou contra Persky de um telefone no saguão e conseguiu chegar em casa pouco antes de meia-noite.

A semana inteira transcorreu do mesmo jeito.

Na noite de sexta, Kugelmass disse a Daphne que teria de ir a outro simpósio, desta vez em Syracuse. Correu de volta para o Plaza, mas o segundo fim de semana não foi nada parecido com o primeiro. "Devolva-me ao romance ou case-se comigo", foi o ultimato de Emma. "Enquanto isso, quero arranjar um emprego ou qualquer coisa assim, porque ver televisão o dia inteiro é um saco."

"Ótimo. O dinheiro até que seria útil. O que você consome em *room service* não é normal."

"Conheci um produtor de teatro ontem no Central Park, e ele me disse que eu pareço perfeita para uma peça que ele vai montar off-Broadway", disse Emma.

"Ah, é? Quem é o palhaço?"

"Não é palhaço! É um homem sensível, gentil e inteligente. Chama-se Jeff Não sei-das-quantas, e disse que posso até ganhar um *Tony* com o papel."

Mais tarde, naquele dia, Kugelmass adentrou bêbado o apartamento de Persky.

"Calma, rapaz", disse Persky. "Desse jeito, você vai acabar tendo um troço."

"Calma! Ele diz calma! Estou com um personagem fictício às minhas expensas num hotel de luxo, acho que minha mulher botou um detetive para me seguir e ainda vou ficar calmo!"

"Eu sei, eu sei. Estamos com um problema, vamos tentar resolvê-lo." Persky esgueirou-se por baixo do armário e começou a bater no fundo com um martelo.

"Estou parecendo um animal acuado", lamuriou-se Kugelmass. "Tenho de andar me esgueirando pela cidade. Emma e eu já não aguentamos a cara um do outro. Para não falar na conta do hotel, que já está maior do que o orçamento do Pentágono."

"E o que eu posso fazer? Magia é assim mesmo", disse Persky. "É uma questão de nuance."

"Nuance o cacete! Estou derramando Dom Pérignon pela goela de Emma como uma bomba de gasolina, e ela está mais recheada de caviar do que um esturjão gigante, além de ter comprado metade do estoque de vestidos da Sack's. Como se não bastasse, meu colega Fivish Kopkind, que ensina Literatura Comparada na universidade e sempre teve inveja de mim, acabou de me identificar como o personagem que aparece incidentalmente no livro de Flaubert. Ameaçou contar a Daphne. Sabe o que isso vai significar? Pensão de alimentos, ruína e cadeia. Acusado de adultério com Madame Bovary!"

"O que quer que eu faça? Estou trabalhando nessa joça dia e noite! Quanto à sua ansiedade, não posso ajudar. Sou apenas um mágico, não um analista!"

Na tarde de domingo, Emma trancou-se no banheiro da suíte e recusou-se a falar com Kugelmass. Kugelmass olhou pela janela e pensou em suicídio: Se não fosse tão baixo, me jogaria agora mesmo. E se eu fugisse para a Europa e começasse de novo a vida? Talvez pudesse vender o *International Herald Tribune,* como aquelas garotas costumavam fazer.

O telefone tocou. Kugelmass atendeu-o mecanicamente.

"Traga Emma correndo", disse Persky. "Acabo de expulsar a última barata do armário!"

O coração de Kugelmass sobressaltou-se. "Está falando sério? Desta vez é pra valer?"

"Sem erro!"

"Persky, você é um gênio. Estaremos aí em menos de um minuto."

Mais uma vez, os amantes zarparam para o apartamento do mágico, e mais uma vez Emma Bovary entrou no armário com suas compras. Desta vez não houve beijos. Persky fechou as portas, respirou fundo e deu três pancadinhas. Houve o tradicional ruído e, quando Persky abriu as portas, o armário estava vazio. Madame Bovary estava de volta ao romance. Kugelmass deu um profundo suspiro de alívio e apertou a mão de Persky.

"Acabou", disse. "Aprendi a lição. Nunca mais trairei minha mulher." Apertou de novo a mão de Persky e disse para si mesmo que precisava lembrar-se de dar-lhe uma gorjeta.

Três semanas depois, ao fim de uma bela tarde de primavera, Persky foi atender a porta. Era Kugelmass, com uma expressão matreira nos olhos.

"O que foi desta vez, Kugelmass?", perguntou Persky.

"Só mais uma vez, Persky. O dia está tão bonito e, sabe como é, o tempo passa. Você tem um exemplar de *O Complexo de Portnoy?* Lembra-se da Macaca?"

"O preço agora é 25 dólares, por causa da inflação. Mas, devido a todos aqueles aborrecimentos que lhe causei, vou lhe fazer a primeira grátis."

"Você é gênio", disse Kugelmass, penteando os três ou quatro fios que lhe restavam na cabeça e entrando no armário. "Vai funcionar direito?"

"Acho que sim. Não usei muito o armário desde aquela confusão".

"Sexo e romance", suspirou Kugelmass de dentro do armário. "O que um sujeito não faz por um rabinho de saia..."

Persky jogou um exemplar de *O Complexo de Portnoy* no armário e deu as três pancadas. Mas, desta vez, ao invés do tradicional ruído, ouviu-se uma explosão, seguida por uma série de barulhos assustadores e uma chuva de raios. Persky deu um salto para trás, teve um enfarte e caiu morto. O armário incendiou-se e, em poucos minutos, as chamas lamberam todo o apartamento.

Kugelmass, sem saber desta catástrofe, tinha os seus próprios problemas. A mágica não o transportara para *O Complexo de Portnoy,* nem para qualquer outro romance, e sim para uma tábua de logaritmos, na qual ele se viu acuado por um exército de dízimas periódicas, que o condenaram a engolir milhares de vírgulas, para sempre.

# Como quase matei o presidente dos Estados Unidos

Está bem, eu confesso. Fui eu, Willard Pogrebin, com esse jeito manso que vocês estão vendo, quem atirou no presidente dos Estados Unidos. Felizmente para todos, um dos desocupados que viam o presidente passar deu um safanão em minha Luger na hora do tiro, fazendo a bala ricochetear num luminoso do Mc Donald's e alojar-se no hambúrguer de um freguês, de onde, aliás, levaram dias para extraí-la. Após um ligeiro fuzuê, durante o qual vários meganhas deram um nó de marinheiro em minha traqueia, fui dominado e levado para interrogatório.

Como foi que cheguei a fazer isto? – vocês devem estar se perguntando. Logo eu, uma pessoa sem a menor convicção política, que prometia tanto na infância e cuja grande ambição na juventude era tocar Mendelssohn ao violoncelo ou, quem sabe, dançar como uma pluma nos grandes palcos da Europa! Bem, tudo começou há dois anos, quando os médicos do exército me obrigaram a dar baixa do serviço militar, devido a certas experiências científicas de que fui cobaia sem o meu conhecimento.

Abrindo logo o jogo, eu e mais alguns colegas fomos alimentados à galinha assada temperada com ácido lisérgico, durante uma pesquisa para determinar a quantidade de LSD que um cidadão pode ingerir antes de gritar SHAZAN e saltar do 50º andar.

Como vocês devem saber, o Pentágono adora descobrir armas secretas e, na semana anterior, eu tinha sido alvejado por um dardo cuja ponta continha uma droga desconhecida, que me fez parecer e falar exatamente como Salvador Dalí. Seguiram-se diversos efeitos colaterais, inclusive sobre minha capacidade de percepção, e, quando já não conseguia distinguir entre meu irmão Morris e um ovo estrelado, fui dispensado do quartel.

Uma terapia à base de eletrochoques no Hospital dos Veteranos ajudou bastante, embora alguém tenha acidentalmente cruzado meus fios com os de um laboratório de psicologia do comportamento, o que me fez cantar toda a trilha sonora de *A Noviça Rebelde* em coro com um bando de chimpanzés, todos falando impecável inglês. Duro e sozinho no mundo, fui finalmente liberado. Lembro-me de ter pegado carona até a Califórnia, onde fui acolhido por um carismático rapaz, com uma barba parecida com a de Rasputin, e por sua namorada, uma jovem não menos carismática, com uma barba parecida com a de Svengali. Como estavam empenhados em pichar todas as frases da Cabala nos muros do Estado, mas viam-se repentinamente com falta de sangue, eu era exatamente o que eles precisavam, disseram. Tentei explicar-lhes que estava a caminho de Hollywood, em busca de um emprego honesto, mas a combinação de seus olhos hipnóticos com uma faca do tamanho de uma cimitarra convenceu-me de que eram sinceros. Lembro-me também de ter sido conduzido a um rancho abandonado, onde várias jovens absolutamente piradas obrigaram-me a engolir comida macrobiótica e tentaram gravar o sinal da paz em minha testa com um ferro em brasa. Pouco depois presenciei uma missa negra na qual adolescentes embuçados entoavam "Uau!" em latim.

Fui induzido a puxar fumo, cheirar pó e comer uma substância branca preparada com um cacto cozido, que fez a minha cabeça girar como um radar. Outros detalhes me escapam no momento, mas não há dúvida de que minha mente foi afetada, o que ficou constatado dois meses depois quando fui preso em Beverly Hills ao tentar desesperadamente me casar com uma ostra por quem tinha me apaixonado numa peixaria.

Depois de solto pela polícia, ansiei por alguma espécie de paz interior, numa tentativa de preservar o que restava de minha precária sanidade. Assim, deixei-me seduzir pelos apelos de ardentes pregadores de rua a buscar a salvação religiosa através do reverendo Chow Bok Ding, um santo homem que combinava os ensinamentos de Lao-Tsé com a sabedoria de Charles Manson. Com a autoridade de um homem que havia renunciado a todos os valores terrenos e que superiores às posses de Aristóteles Onassis, o reverendo Ding explicou-me seus dois modestos objetivos. O primeiro consistia em instilar em seus seguidores as virtudes da prece, da humildade e da comunhão. O segundo era o de comandar uma guerra religiosa contra os países da OTAN. Depois de frequentar alguns cultos, notei que o reverendo Ding estabelecia uma ligeira confusão entre humildade e robotização, e que qualquer diminuição de fervor de minha parte era encarada com (como se diz?) sobrolhos oblíquos. Quando deixei escapar para pessoas de confiança que minha impressão era a de que os seguidores do reverendo estavam sendo transformados num bando de zumbis babacas por um picareta megalomaníaco, isso foi absurdamente tomado como uma crítica. Momentos depois, fui arrastado pelo lábio inferior até o oratório, onde uma plêiade de devotos do reverendo, mais parecidos com lutadores de sumô, sugeriram que eu revisse minhas posições durante algumas semanas sem que nada distraísse minha atenção, inclusive pão e água. Para sublinhar indelevelmente o desapontamento geral com minhas atitudes, um dos irmãos aplicou um punho cheio de anéis da Ordem sobre minhas gengivas, com o ritmo de uma britadeira. Ironicamente, a única coisa que me impediu de enlouquecer foi a constante repetição de meu mantra particular (sabem, aquela palavra mágica de cada um, ensinada pelos gurus indianos para nos sustentar pela vida), a qual era "Ioiques". Finalmente, sucumbi ao terror e comecei a ter alucinações. Lembro-me perfeitamente de ter visto Frankenstein patinando ao som da Filarmônica de Viena numa delas.

Um mês depois, acordei num hospital e razoavelmente ok, exceto por algumas escoriações e pela firme convicção de que eu era Igor Stravinsky. Fiquei sabendo que o reverendo Ding tinha sido processado por um Maharishi de 15 anos de idade, que disputava com ele o título de qual dos dois era realmente Deus, tendo, por conseguinte, direito a ingressos grátis para qualquer musical da Broadway. A querela foi resolvida com a intervenção do FBI, quando ambos os religiosos foram detidos ao tentar fugir do país, pela fronteira de Nirvana, no México.

A essa altura, embora fisicamente bem, minha estabilidade emocional lembrava a de Calígula. Na esperança de reconstruir minha alma em ruínas, inscrevi-me num tratamento chamado PUTZ – Programa Unificado de Terapia Zoroástrica, fundada pelo celebérrimo Gustave Perlemutter. Perlemutter, ex-saxofonista de uma orquestra de rumbas, só se tornou psiquiatra na idade madura, mas seu método atraiu inúmeras estrelas do cinema, as quais juraram que ele tinha mudado suas vidas mais profunda e rapidamente do que o horóscopo da *Cosmopolitan.*

Um grupo de neuróticos, muitos deles fartos de tratamentos convencionais, foi levado para uma agradável fazenda em lugar incerto. Confesso que deveria ter suspeitado de alguma coisa, talvez pelo fato de terem nos vendado os olhos durante toda a viagem e por causa do arame farpado e dos Dobermans de guarda, mas os assistentes de Perlemutter me asseguraram que todos os gritos que eu ouvia eram simplesmente primais. Forçados a ficar sentados, eretos, durante 72 horas consecutivas numa cadeira dura, não demorou muito para que nossa resistência diminuísse, do que Perlemutter se aproveitou para nos ler trechos de *Mein Kampf*. À medida que o tempo passava, ficou claro que ele era um total psicótico, cuja terapia consistia de esporádicos estímulos de "Te segura, malandro".

Vários dos mais desiludidos entre nós tentaram escapar, mas, para seu desgosto, descobriram que as cercas em volta da fazenda eram eletrificadas. Embora Perlemutter insistisse que era um profundo especialista da mente, notei que vivia recebendo telefonemas de Yasser Arafat e, se não fosse pela invasão da fazenda pelos agentes de Simon Wiesenthal, não sei o que teria nos acontecido.

Bem, a essa altura, eu já havia substituído a tensão pelo mais absoluto cinismo. Fui morar em San Francisco, ganhando a vida do único jeito que podia a partir de agora: como agitador do movimento estudantil de Berkeley e dedo-duro para o FBI. Durante alguns meses, dedei inúmeras pessoas e colaborei num plano da CIA para testar a resistência dos habitantes de Nova York, derramando cianeto de potássio no reservatório de água da cidade. E, com isso, fui vivendo, embora às vezes tivesse de fazer um bico como autor de diálogos de filmes pornográficos.

Então, certa noite, abri a porta de meu apartamento para botar o lixo para fora quando dois homens saltaram das sombras do corredor e, envolvendo minha cabeça com um lençol, jogaram-me no porta-malas de um carro. Lembro-me de ter sido injetado com alguma coisa e, pouco antes de apagar, ouvi vozes dizendo que eu parecia mais pesado do que Patty Hearst, mas mais leve do que Jimmy Hoffa. Acordei trancado num quarto escuro onde fui forçado a sofrer privação total dos sentidos durante três semanas. Em seguida, submeteram-me à tortura das cócegas por autênticos peritos e dois sujeitos cantaram música caipira para mim até que concordei em fazer o que eles quisessem.

Não posso dizer que tudo o que aconteceu depois foi resultado dessa lavagem cerebral com Omo, mas levaram-me a uma sala onde o presidente Gerald Ford apertou minha mão e convidou-me a segui-lo em suas viagens pelo país, dando-lhe uns tiros de vez em quando, apenas tomando o cuidado de errar. Disse que isso lhe daria uma chance de parecer corajoso e serviria também para distrair a atenção do povo a respeito dos assuntos verdadeiramente importantes, com os quais ele não se sentia muito competente para lidar. Enfraquecido do jeito que estava, acabei topando. Dois dias depois, aconteceu o incidente da bala no hambúrguer.

# **Na pele de Sócrates**

De todos os homens famosos deste mundo, o que eu mais gostaria de ter sido era Sócrates – o filósofo, claro. Não apenas porque ele foi um grande pensador, porque eu também sou capaz de observações profundas, embora as minhas se concentrem basicamente em bundas de aeromoças e preços de geladeiras. O que me fascina no mais sábio de todos os gregos é a sua incrível coragem diante da morte. Preferia dar sua vida para mostrar que tinha razão do que abandonar seus princípios, já viram coisa igual? Devo confessar que não sou assim tão corajoso a respeito de morrer ou de manter a força de vontade, considerando-se que, quando ouço um escapamento de carro, salto direto nos braços da pessoa mais próxima. Mas reconheço que a brava morte de Sócrates deu um sentido de autenticidade à sua vida, exatamente o que anda faltando à *minha* vida, exceto para o Imposto de Renda. Confesso que, muitas vezes, já tentei calçar as sandálias do grande filósofo, mas, não importa o que faça, acabo cochilando e tendo o seguinte sonho:

*(A cena se passa em minha cela na prisão. Geralmente, fico na solitária, imerso no seguinte problema: pode um objeto ser considerado uma obra de arte se também pode ser usado para limpar o fogão? Mas, no sonho, sou visitado por Ágaton e Símias.)*

ÁGATON: Ah, meu velho e sábio amigo! Como vão os seus dias de confinamento?
WOODY: Que história é essa de confinamento, Ágaton? Meu corpo pode estar circunscrito a certos limites, mas minha mente vagueia livremente pelo espaço.
ÁGATON: Tudo bem, mas, e se você quiser dar uma voltinha?
WOODY: Boa pergunta. Não posso.
*(Nós três nos sentamos, mais ou menos como se estivéssemos congelados. Finalmente, Ágaton fala.)*
ÁGATON: Não sei se estou sendo inconveniente, mas tenho más notícias: você foi condenado à morte.
WOODY: Tudo bem, digo eu. Chato foi ter provocado tanta polêmica no Senado.
ÁGATON: Polêmica nenhuma. A decisão foi unânime.
WOODY: Verdade?
ÁGATON: Primeiro escrutínio.
WOODY: Hmmm. Pensei que estava dando mais ibope.
SÍMIAS: O Senado está puto com você, por causa daquelas ideias a respeito de um Estado utópico.
WOODY: Talvez eu nunca devesse ter sugerido que a gente precisava ter um rei-filósofo.

**Símias:** Principalmente apontando para você mesmo e pigarreando o tempo todo.

**Woody:** Engraçado. Não consigo guardar ódio dos meus executores.

**Ágaton:** Nem eu.

**Woody:** *(Pigarro)* Bem... An-ham... Pensando bem, o que é o mal, se não o excesso de bem?

**Ágaton:** Cumé quié?

**Woody:** Olhe por este ângulo. Se um homem canta uma bela balada, trata-se de uma obra de arte. Mas, se continua cantando por mais de três horas, trata-se de um pé no saco.

**Ágaton:** Isso aí.

**Woody:** Quando serei executado?

**Ágaton:** Que horas são agora?

**Woody:** Hoje???

**Ágaton:** Parece que sim. Querem que você desocupe a cela o mais depressa possível.

**Woody:** Está bem! Deixem que me tirem a vida! Saibam que prefiro morrer do que abandonar meus princípios de justiça e de direito para todos. Não chore, Ágaton.

**Ágaton:** Não estou chorando. Foram umas cebolas que descasquei para a patroa.

**Woody:** Para o homem do intelecto, a morte não é um fim, mas um começo.

**Símias:** Como disse?

**Woody:** Deixe-me pensar um pouco.

**Símias:** O tempo que quiser.

**Woody:** É verdade, não é, Símias, que o homem não existe antes de nascer?

**Símias:** Absolutamente verdadeiro.
**Woody:** Assim como deixa de existir depois que morre, não?
**Símias:** Isso mesmo.
**Woody:** Hmmm.
**Símias:** E daí?
**Woody:** Daí que estou um pouco confuso. Você sabe que só me servem carneiro nessa cadeia e muito mal temperado.
**Símias:** Os homens identificam a morte com o fim. Por isso, a temem.
**Woody:** A morte é um estado de não ser. O que não é, não existe. Donde, a morte não existe. Só a verdade existe. Mas, o que é a verdade se não a confirmação de si mesma? Mas, se a morte pode ser confirmada por si mesma, a morte é a verdade. Logo existe! Estou frito! Hei, o que eles estão planejando fazer comigo?
**Ágaton:** Fazê-lo tomar cicuta.
**Woody:** (*intrigado*) Cicuta?
**Ágaton:** Lembra-se daquele líquido escuro que atravessou a sua mesa de mármore?
**Woody:** Aquilo?
**Ágaton:** Basta uma colher. Mas eles terão um frasco cheio à mão, no caso de você derramar um pouco.
**Woody:** Será que vai doer?
**Ágaton:** Vão lhe pedir que não faça uma cena. Para não perturbar os outros prisioneiros.
**Woody:** Claro, claro.
**Ágaton:** Eu disse a eles que você morreria bravamente, para não renunciar aos seus princípios.

**Woody:** Sem dúvida. Escute, ninguém sequer mencionou a palavra "exílio"?

**Agaton:** Desde o ano passado decidiram não exilar ninguém. Muita burocracia.

**Woody:** Certo... (*Desesperado e confuso, mas tentando parecer firme.*) E o que há de novo lá fora?

**Ágaton:** Tudo velho. Ah, sim, cruzei na rua com Isósceles. Está bolando um triângulo infernal.

**Woody:** Que barato! (*Subitamente abandonando toda a falsa coragem.*) Olhe, vou ser franco com você. Não quero ser executado! Sou muito jovem para morrer!

**Ágaton:** Mas esta é a sua chance de morrer pela verdade!

**Woody:** Você não entendeu, Ágaton. Sou um apólogo da verdade. Mas é que fui convidado para um almoço em Esparta, semana que vem, e detestaria faltar. É minha vez de levar os drinques. Você sabe como são esses espartanos. Vivem a fim de brigar.

**Símias:** Será nosso mais sábio filósofo um covarde?

**Woody:** De jeito nenhum. Mas também não sou herói. Marquem coluna do meio, sei lá!

**Símias:** Você é um verme.

**Woody:** Por aí.

**Ágaton:** Mas não foi você que provou que a morte não existe?

**Woody:** Escutem: andei provando muitas coisas na vida. Como acham que consigo pagar o aluguel? Umas teorias aqui, outras pequenas observações ali, uma frase brilhante de vez em quando e, às vezes,

alguns ditados e máximas. Paga melhor do que colher azeitonas. Mas não vamos exagerar!
Ágaton: Mas você provou tantas vezes que a alma é imortal!
Woody: E é! Pelo menos no papel. Esse é o problema da filosofia: já não funciona tão bem depois da aula, ou seja, na vida real.
Símias: E as "formas" eternas? Você disse que tudo sempre existiu e sempre existirá!
Woody: Estava me referindo a objetos pesados, como estátuas ou cofres. Com gente é diferente!
Ágaton: E aquele lero dizendo que morrer era o mesmo que dormir?
Woody: Eu sei, mas o problema é que, se você está morto e alguém grita: "Hora de acordar!", é difícil encontrar as sandálias debaixo do catre.

(*Entra o carrasco com uma taça de cicuta. Seu rosto lembra um pouco o de Boris Karloff.*)

**Carrasco:** Ah! Adivinhem quem chegou! Quem vai tomar a cicuta?
Ágaton: (*Apontando para mim*): Ele.
Woody: Puxa, é uma dose dupla! Olhe, ando com o fígado meio bombardeado...
**Carrasco:** Beba tudo. O veneno costuma estar no finzinho.
Woody: (*Aqui meu comportamento costuma ser diferente do de Sócrates, e dizem que grito durante o sonho):* Não! Por favor! Não quero! Socorro! Mamãe!

(*O carrasco me passa a taça fervilhante, apesar de minhas súplicas, e tudo parece chegar ao fim. Então, talvez devido a um inato instinto de sobrevivência, o sonho muda completamente e entra um mensageiro.*)

**Mensageiro:** Parem! Houve uma apelação e o Senado votou de novo. As acusações foram levantadas. Você foi declarado inocente e será publicamente reabilitado!

**Woody:** Finalmente! Conheceram, papudos? Eles recuperaram o bom senso! Sou um homem livre! Livre! E ainda serei reabilitado! Ágaton e Símias, depressa, peguem minha bagagem! Preciso falar com Pitágoras antes que ele resolva aquele seu absurdo teorema. Mas, antes, descreverei para vocês uma pequena parábola.

**Símias:** Pô, isso é que é um final inesperado! Será que o Senado sabe o que está fazendo?

**Woody:** A parábola é a seguinte. Um grupo de homens vive numa caverna escura. Nunca viram o sol. A única luz que conhecem é a das velas que usam para iluminar a caverna.

**Ágaton:** E onde arranjam as velas?

**Woody:** Bem, já estavam lá, e não amolem.

**Ágaton:** Vivem numa caverna e têm até velas? Parece esquisito...

**Woody:** Quer ouvir a parábola ou não quer?

**Ágaton:** Ok, ok, mas ande logo. Está demorando muito.

**Woody:** Então, certo dia, um dos habitantes da caverna dá um pulinho lá fora e vê o mundo.

**Símias:** Com aquele sol de derreter catedrais.

**Woody:** Exatamente. Em toda a sua luminosidade.

**ÁGATON:** E, quando volta para contar aos outros, ninguém acredita.
**WOODY:** Não exatamente. Ele não conta aos outros.
**ÁGATON:** Não???
**WOODY:** Não. Em vez disso, abre um açougue, casa-se com uma rumbeira e morre de trombose aos 42 anos.

*(Eles me agarram e forçam a cicuta pela minha goela abaixo. Nesse momento, costumo acordar sobressaltado e só um copo de iogurte consegue me acalmar.)*

# NEGADO PELO DESTINO

(Notas para um romance de 800 páginas – o grande livro de minha autoria pelo qual todos estão esperando.)

Cenário: Escócia, 1823.
Um homem é preso por roubar casca de pão. "Só gosto de casca", ele explica, e é logo identificado como o ladrão que recentemente aterrorizou vários açougues de Glasgow por roubar apenas gordura de picanha. O acusado, Solomon Entwhistle, é levado a julgamento e condenado a uma pena de cinco a dez anos (o que vier primeiro) de trabalhos forçados. Entwhistle é trancado na solitária e, para não se dizer que não se fez justiça, somem com a chave. Tendo escolhido definitivamente a liberdade, Entwhistle decide cavar um túnel para fugir. Começa a cavar meticulosamente com uma colher, vara o subsolo das muralhas da prisão, continua a cavar e, de colherada em colherada, vai de Glasgow a Liverpool, onde finalmente emerge, mas, depois de olhar em torno descobre que prefere continuar no túnel. Continua cavando e chega a Londres, onde toma um navio-cargueiro rumo ao Novo Mundo, jurando começar vida nova, desta vez como uma rã.

Ao chegar a Boston, Entwhistle conhece Margaret Figg, jovem professorinha da Nova Inglaterra, cuja especialidade é obrigar seus alunos a plantar bananeiras usando chapéus de burro. Apaixonado, Entwhistle casa-se com ela e os dois abrem um mercadinho de secos e molhados, vendendo desde língua de rouxinol até barbatana de tubarão. O negócio começa a crescer e, por volta de 1850, Entwhistle já está rico, respeitado e traindo sua mulher com um panda fêmea. Tem dois filhos com Margaret Figg – um deles normal, outro retardado mental, embora seja difícil dizer qual é qual, a não ser que alguém lhes dê um ioiô. Seu mercadinho tornou-se agora uma gigantesca loja de departamentos e, quando Entwhistle morre aos 85 anos, de uma combinação de resfriado com uma machadada no crânio, é um homem feliz.

(Nota: Fazer de Entwhistle um personagem amável.)

Ação pula para 1976:
Virando à direita na Alton Avenue, você passa pela Costello Brothers Warehouse, pela Adelman's Tallis Repair Shop, pela Chones Funeral Parlor e pelo Higby's Poolroom. John Higby, proprietário do salão de bilhares, é um sujeito baixinho, com alguns tufos de cabelo na cabeça e que caiu de uma escada aos nove anos e, agora, só para de rosnar quando lhe pedem com dois dias de antecedência. Subindo a rua (na realidade, descendo, porque a rua não tem

saída), chega-se a um pequeno parque, no qual as pessoas sentam-se e conversam sem correr o risco de assaltos ou estupros, sendo perturbados, no máximo, por cidadãos que se dizem Napoleão ou Júlio Cesar. O vento frio de outono (que, em determinado dia do ano, sopra como um tufão e arranca as pessoas de seus sapatos) faz com que caiam as últimas folhas do verão.

As pessoas ali experimentam uma profunda sensação de falta de sentido existencial – particularmente desde que os salões de massagem fecharam. Há uma definitiva sensação de "alteridade" metafísica, o que qualquer idiota é capaz de entender, desde que tenha nascido numa cidadezinha do interior. A própria cidade é, em si, uma metáfora, mas uma metáfora de quê? Não apenas é uma metáfora, mas é também um "corte epistemológico". É qualquer cidade na América e é também cidade nenhuma – o que causa grande confusão entre os carteiros. E a loja de departamentos na esquina é a Entwhistle's.

Blanche (baseada em minha prima Tina).

Blanche Mandelstam, uma garota doce, mas um pouco sem-sal, com dedos curtinhos e grossos e lentes de fundo de garrafa ("Meu sonho era ser campeã olímpica de natação", disse ao seu médico, "mas nunca aprendi a boiar".), acorda ao som de seu rádio-relógio.

Anos atrás, Blanche poderia ter sido considerada bonita, embora não muito depois da Idade da Pedra

Lascada. Para seu marido Leon, no entanto, ela é "a criatura mais linda do mundo, exceto por Edward G. Robinson". Blanche e Leon se conheceram há muito tempo, durante um baile no ginásio. (Ela era uma excelente dançarina, apesar de ter de consultar um diagrama quando o ritmo era o tango.) Passaram horas conversando e descobriram que tinham muitas coisas em comum. Por exemplo, ambos gostavam de dormir sobre fatias de bacon. Blanche ficara muito impressionada com a maneira de Leon se vestir, porque nunca vira ninguém usar três chapéus ao mesmo tempo. Casaram-se e, pouco tempo depois, tiveram sua primeira e única experiência sexual. "Foi absolutamente sublime", recorda Blanche, "apesar de Leon ter tentado cortar os pulsos".

Blanche disse ao seu marido que, embora ele ganhasse relativamente bem interpretando um porquinho-da-índia humano no parque de diversões, ela gostaria de continuar trabalhando na seção de sapataria da Entwhistle's. Leon concordou com relutância, mas insistiu em que ela se aposentasse quando chegasse aos 95 anos. Os dois tomam o seu café da manhã. Para ele, suco, torradas e café. Blanche come o de sempre – um copo de água quente, uma asa de galinha, porco agridoce e canelone. Finalmente sai para o trabalho na Entwhistle's.

(Nota: Blanche deve sair cantando, como faz minha prima, embora nem sempre o hino nacional do Japão.)

Carmen (Um estudo sobre psicopatologia, baseado nos traços observados em Fred Simdong, seu irmão Lee e o seu gato Sparky).

Carmen Pinchuck, que, apesar do nome, é um homem (e, como se não bastasse, absolutamente careca), sai do chuveiro e tira sua touca de banho. Apesar de careca, detesta molhar a cabeça. "Para quê?", diz ele. "Para que meus inimigos se aproveitem disso?" Alguém sugeriu que essa atitude poderia ser considerada estranha, mas Pinchuck limitou-se a rir e, depois de olhar em torno para certificar-se de que não estava sendo observado, saiu beijando almofadas. Pinchuck é um homem nervoso, que se dedica a pescar nas horas vagas, embora não pegue nada desde 1923. "Não tenho dado sorte ultimamente", ele comenta brincando. Mas sempre se irrita quando um conhecido lhe observa que ele está lançando seu anzol num copo de coalhada.

Pinchuck já fez muitas coisas na vida. Foi expulso do ginásio por ter sido flagrado em atitudes imorais com uma equação do segundo grau e, desde então, trabalhou como pastor de ovelhas, psiquiatra e mímico. Atualmente, trabalha no Serviço de Proteção aos Animais, como professor de Espanhol para esquilos.

Pinchuck costuma ser descrito por seus amigos como "um babaca" ou "um psicopata", dependendo do grau de estima. "Gosta de conversar com seu rádio, embora os dois nunca se entendam", diz um vizinho. "Mas é também muito fiel aos amigos", diz outro. "Certa vez, quando a Sra. Monroe escorregou numa pedra de gelo acidentalmente, ele fez a mesma coisa de propósito, para solidarizar-se com ela."

Politicamente, Pinchuck considera-se independente. Nas últimas eleições presidenciais, votou em Cesar Romero.

Neste momento, usando seu chapéu de feltro e carregando um embrulho, Pinchuck fecha a porta de sua casa e desce até a rua. Só então, ao dar-se conta de que está nu, exceto pelo chapéu, volta, veste-se e parte para a Entwhistle's.

(Nota: Descrever com mais detalhes a hostilidade de Pinchuck para com seu chapéu.)

O Encontro (esboço):

As portas da loja de departamentos abriram-se às 10 horas em ponto e, embora segunda-feira fosse um dia normalmente fraco, o primeiro andar estava apinhado de gente atraída por uma liquidação de atuns radioativos. Uma atmosfera quase apocalíptica pairou sobre a seção de sapatos quando Carmen Pinchuck entregou seu embrulho a Blanche Mandelstam, dizendo: "Quero devolver essas galochas. São muito pequenas para mim."

"Tem o *ticket* de venda?", perguntou Blanche, tentando parecer segura, embora confessasse mais tarde que, naquele momento, seu mundo tinha caído. ("Nunca mais pude me relacionar bem com as pessoas", disse a amigos. Há seis meses, ao jogar tênis, engoliu uma bola e, desde então, sua respiração tornou-se irregular.)

"Bem... Não...", respondeu Pinchuck, nervoso. "Acho que perdi." (Seu principal problema na vida era o de que vivia perdendo coisas. Certa noite foi dormir e, quando acordou, sua cama tinha sumido.) Naquele momento, com a fila de fregueses impacientes aumentando atrás dele, Pinchuk começou a suar frio.

"O senhor terá de falar com o gerente", disse Blanche, encaminhando Pinchuck ao Sr. Dubinsky, com quem ela vinha tendo um *affair* desde o Dia das Bruxas. (Lou Dubinsky, diplomado pela melhor escola de datilografia da Europa, era considerado um recordista no gênero até que o álcool reduziu sua velocidade a uma palavra por dia, obrigando-o a trabalhar em lojas de departamentos.)

"Já usou as galochas?", insistiu Blanche, tentando combater as lágrimas que lhe assomavam aos olhos. A ideia de ver Pinchuck de galochas era-lhe insuportável. "Meu pai também usava galochas", ela confessou. "Ambas no mesmo pé."

Pinchuck parecia agora estar tendo uma convulsão. "Não", respondeu. "Quero dizer... ah... sim... Mas só por alguns minutos, enquanto tomava banho."

"Então por que as comprou, se eram pequenas?", perguntou Blanche, inconsciente de que estava formulando a quintessência do paradoxo humano.

A verdade é que Pinchuck sabia que as galochas não lhe serviam, mas era incapaz de dizer não a um vendedor. "Quero ser *gostado*", admitiu a Blanche. "Certa vez comprei xampu anticaspa, embora já fosse careca." (Nota: O. F. Krumgold escreveu um tratado definitivo sobre certas tribos de Bornéu que não têm uma palavra para dizer "não" e, consequentemente, exprimem recusa fazendo que sim com a cabeça e dizendo: "Vou pensar no assunto", e nunca mais aparecendo. Isto confirma a sua teoria anterior, de que a necessidade de ser socialmente amado a qualquer custo é um traço genético, e não adquirido, assim como a capacidade de assistir a uma opereta do começo ao fim.)

Às 11h10min, Dubinsky, o gerente do andar, tinha autorizado a troca, e Pinchuck recebeu um par de galochas dois números maior. Pinchuck confessou depois que o episódio lhe provocara forte depressão e tonteiras, o que ele atribuiu também à notícia do casamento de seu papagaio.

Pouco depois do caso Entwhistle, Carmen Pinchuck pediu demissão e tornou-se garçom num restaurante chinês. Blanche Mandelstam sofreu um colapso nervoso e tentou fugir com um engolidor de cobras. (Nota: Pensando bem, talvez fosse melhor fazer de Dubinsky um treinador de pulgas.) No fim de janeiro, a Entwhistle's fechou suas portas pela última vez e sua proprietária, Julie Entwhistle, pegou sua família, que amava profundamente, e mudou-se com ela para o zoológico do Bronx.

(Esta última frase deve permanecer intacta. É absolutamente fantástica. Fim das notas para o capítulo I.)

# **Discurso de paraninfo**

Meus afilhados:

Mais do que em qualquer outra época da História, a humanidade se vê numa encruzilhada. Uma estrada conduz ao desespero e à catástrofe. A outra, à absoluta extinção. Rezemos para que o homem tenha a sabedoria de fazer a escolha certa. Não pensem que falo desse jeito gratuitamente. Falo com a pânica convicção da mais completa falta de sentido da vida, o que pode ser facilmente confundido com pessimismo. Não confundam. Trata-se apenas de uma saudável preocupação sobre o que espera o homem moderno. (Por homem moderno entenda-se todo indivíduo nascido imediatamente depois da célebre frase de Nietzsche – "Deus morreu" – e imediatamente antes da gravação de *I Wanna Hold Your Hand* pelos Beatles.) Esta preocupação pode ser descrita de duas maneiras, embora certos estruturalistas prefiram reduzi-la a uma equação matemática, apenas porque, assim, ela pode ser mais facilmente resolvida e mesmo carregada no bolso, junto com o pente.

Para simplificar as coisas, o problema é o seguinte: como é possível descobrir qualquer significado num mundo finito, considerando-se o tamanho de meu colarinho e de minha cintura? Uma pergunta ainda mais difícil quando nos damos conta de que a ciência – ah, a ciência! – vive fracassando. É verdade que ela derrotou várias doenças, quebrou o código genético e até botou gente na Lua, e, no entanto, quando um homem de 80 anos é deixado a sós numa sala com duas garçonetes de 18 anos, nada acontece. Porque os verdadeiros problemas nunca mudam. Afinal, poderá um dia a alma humana ser perscrutada através de um microscópio? Talvez, mas só se for um daqueles com duas lunetas. E sabemos perfeitamente que o mais moderno computador tem um cérebro pouco melhor que o de uma formiga. É verdade também que poderíamos dizer o mesmo de vários parentes nossos, mas, felizmente, só somos obrigados a encontrá-los em enterros ou casamentos.

Já a ciência é algo de que dependemos o tempo todo. Se tenho dores no peito, mandam-me fazer uma radiografia. Mas, e se a radiação provocada pelos raios-X me causar problemas ainda maiores? Num piscar de olhos, vejo-me arriscado a acordar numa sala de operações. E, como sempre acontece, quando me depositam no balão de oxigênio um interno resolve acender o cigarro. No dia seguinte, lê-se no jornal que um homem foi disparado sobre o World Trade Center envolto num lençol de plástico. *Isto* é a ciência?

Verdade também que a ciência nos ensinou a pasteurizar queijo. O que não é má ideia, desde que na companhia de uma das *Panteras*.

Mas, e a bomba H? Já viram o que acontece quando um troço desses cai de uma escrivaninha, mesmo que o chão esteja bem-acarpetado? E onde fica a ciência quando alguém lhe propõe os eternos mistérios, tais como: De onde se originou o cosmos? (O próprio, não o time de futebol.) Há quanto tempo existe? A matéria iniciou-se com uma explosão, ou por ordem de Deus? Se a segunda hipótese é verdadeira, por que não começou Ele o serviço duas semanas antes, ainda a tempo de curtir o verão? O que queremos insinuar quando dizemos que o homem é mortal? Seja o que for, não parece um elogio.

E a religião, infelizmente, não nos anda dizendo muito. Miguel de Unamuno escreveu com otimismo sobre "a eterna persistência da consciência", mas isso não é mole. Principalmente quando lemos certos escritores de vanguarda. Fico sempre pensando sobre como a vida devia ser mais fácil para o homem da caverna. E apenas porque ele acreditava num Criador, todo-poderoso e benevolente, que tomava conta de tudo. Imagine o desapontamento dele quando constatava que sua mulher estava engordando!

O homem contemporâneo, como se sabe, não tem a mesma paz de espírito. Ele se vê imerso numa crise de fé. Encontra-se naquele estado que os mais eruditos costumam chamar de "desbundado". É um homem que já penou em guerras, já presenciou catástrofes naturais e já frequentou bares de solteiros.

Meu bom amigo Jacques Monod costumava falar da casualidade do cosmo. Ele acreditava em que tudo que existia na Terra era por puro acaso, exceto seu café da manhã, o qual, ele tinha certeza, era preparado por sua empregada. É natural que a crença numa inteligência divina inspire tranquilidade. Mas isto não nos liberta de nossas responsabilidades humanas. Serei eu o guardião de meu irmão? Sim, só que – também por acaso – sou irmão do tratador de feras do zoológico.

Portanto, sentindo-nos sem Deus, o que fizemos foi transformar a tecnologia em Deus. Mas será a tecnologia a verdadeira resposta, quando um Buick do ano, estalando de novo, dirigido por meu protegido Nat Zipsky, atravessa a vitrine de um *prêt-à-porter* da Sears, fazendo com que várias senhoras passassem o resto da vida pulando miudinho?

Como se não bastasse, minha torradeira não funciona direito há quatro anos. Sigo as instruções, ponho duas fatias de pão no buraco e, segundos depois, elas são disparadas como uma bala. Certa ocasião, uma delas quebrou o nariz de uma mulher que eu amava ternamente. Temos de contar com tomadas, interruptores e plugues para resolver nossos problemas?

Claro, o telefone é uma boa coisa – quando dá linha. Geladeiras também. E o ar-condicionado igualmente. Mas não *qualquer* ar-condicionado. Não o da minha prima Henny, por exemplo. Faz um ruído infernal e não esfria o quarto. Cada vez que ela chama o homem para consertar, piora. Ele vive dizendo que ela precisa comprar um novo. Quando ela se queixa, ele a manda parar de encher o saco. Quer dizer, esse homem está absolutamente desbundado. E não apenas isso, como não para de dar risotas o tempo todo!

Portanto, nosso problema é: nossos governantes não nos prepararam para uma sociedade tão mecanizada. Infelizmente, nossos políticos são simpáticos, mas incompetentes ou corruptos. Às vezes, ambas as coisas no mesmo dia. A partir de cinco e quinze da tarde, então, não há como segurá-los no serviço.

Não estou dizendo que a democracia não seja a melhor forma de governo. Numa democracia, pelo menos os direitos do cidadão são respeitados. Ninguém pode ser preso, torturado ou obrigado a assistir a uma novela de televisão do começo ao fim. O que já é muito diferente do que acontece na União Soviética. Segundo o totalitarismo daquele país, uma pessoa que seja flagrada assoviando pode ser condenada a trinta anos num campo de concentração. E se, depois de quinze anos, insistir em assoviar, acaba fuzilada.

Ao lado dessas novas demonstrações de fascismo, defrontamo-nos com o seu cruel assecla, o terrorismo. Em nenhuma outra época da História o homem teve tanto medo de cortar um frango assado como hoje, temendo uma explosão. A violência gera a violência, e já se sabe que, por volta de 1990, os sequestros serão a principal forma de convívio social. A superpopulação exacerbará todos os problemas até a explosão. As estatísticas já nos dizem que existe mais gente na Terra do que a capaz de mover até o mais pesado piano. Se não batalharmos já pelo crescimento zero, no ano 2000 não haverá mesas para todos em qualquer restaurante, a não ser que algumas delas se assentem sobre cabeças de estranhos, o que os obrigará a ficarem imóveis durante uma hora ou mais, até que acabemos de pedir o café. Tudo isso aumentará a crise de energia, obrigando qualquer proprietário de automóvel a encher o tanque o suficiente apenas para dar uma ré de alguns centímetros.

Só que, em vez de enfrentarmos esses desafios, preferimos nos virar para as drogas e o sexo. Vivemos numa sociedade excessivamente permissiva. Nunca a pornografia foi mais atrevida. Para não falar nos filmes, que são umas merdas! Somos uma nação a que faltam objetivos definidos. Precisamos de líderes e de programas coerentes. Carecemos de um centro espiritual! Estamos sozinhos no cosmo, praticando monstruosas violências uns contra os outros, por causa da frustração e da dor. Felizmente, ainda não perdemos nosso senso de proporção. Em resumo, parece claro que o futuro nos reserva grandes oportunidades. Mas também alguns perigos. O negócio é evitar esses perigos, aproveitar as oportunidades e chegar em casa às seis da tarde.

# **A DIETA**

Certo dia, sem razão aparente, F. quebrou sua dieta. Tinha ido almoçar com seu chefe, Schnabel, para discutir certos assuntos. Schnabel o havia convidado na noite anterior, sugerindo que deveriam almoçar juntos, embora tivesse sido vago a respeito dos tais "assuntos". Schnabel dissera ao telefone: "Há vários problemas... Coisas que precisamos resolver... Não há pressa, é claro. Podem ficar para outra vez". Mas F. ficou tão ansioso, por causa do tom de voz e da natureza do convite de Schnabel, que insistiu em se encontrarem imediatamente.

"Vamos almoçar esta noite", disse F.

"Mas já é quase meia-noite", argumentou Schnabel.

"Tudo bem", insistiu F. "Acordaremos no restaurante."

"Não seja tonto. Não é tão urgente assim", respondeu Schnabel, desligando.

F. já estava com palpitações. Oh, meus Deus – pensou. Fiz papel de idiota com Schnabel. Segunda-feira, toda a firma já estará sabendo. E é a segunda vez este mês que me faço de ridículo.

Três semanas antes, F. fora flagrado na sala do xerox, comportando-se como um pica-pau. E, como sempre, alguém do escritório divertia-se às suas custas. Em outras ocasiões – se se virasse bem rápido – costumava descobrir trinta ou quarenta colegas atrás dele, mostrando-lhe a língua.

Ir para o trabalho era um pesadelo. Primeiro, porque sua escrivaninha ficava nos fundos, longe da janela, e cada centímetro cúbico de ar fresco que entrava naquela sala escura era respirado por seus colegas antes que F. pudesse inalá-lo. Quando caminhava pelos corredores da firma, rostos hostis o fixavam por trás dos arquivos, com expressão crítica. Certa vez, Traub, um mísero escriturário, acenou-lhe carinhosamente, mas, quando F. acenou de volta, Traub jogou-lhe uma maçã na cabeça. Pouco antes, Traub conseguira a promoção que estava reservada a F. e, em consequência, ganhara uma cadeira nova para sua escrivaninha. Já a cadeira de F. fora roubada havia muitos anos e, devido a uma interminável burocracia, parecia-lhe impossível requisitar outra. Desde então, habituara-se a trabalhar de pé, curvado sobre a máquina de escrever, imaginando que os outros estavam fazendo piadinhas a seu respeito. Quando ocorreu o incidente da maçã, F. tinha acabado de solicitar uma cadeira.

"Desculpe", disse Schnabel, "mas terá de pedir diretamente ao ministro."

"Claro, claro", concordou F., mas quando chegou o dia de falar com o ministro, o encontro foi adiado. "Ele não pode recebê-lo hoje", disse um assistente. "Há uns boatos correndo por aí e o ministro não está recebendo ninguém." As semanas se passaram e F. tentou repetidamente ver o ministro, em vão.

"Só quero uma cadeira", disse a seu pai. "Não me incomoda tanto trabalhar de pé, mas é que, quando relaxo e boto os dois pés sobre a escrivaninha, caio para trás."

"Babaca", exclamou seu pai. "Se gostassem mais de você, já lhe teriam dado a cadeira."

"Você não entendeu", berrou F. "Tentei ver o ministro, mas ele está sempre ocupado. No entanto, quando espio pelo buraco da fechadura, vejo que ele está ensaiando charleston".

"O ministro nunca o receberá", disse friamente seu pai, tomando um xerez. "Ele não tem tempo para fracassados. E o pior não é isso: ouvi dizer que Richter tem duas cadeiras. Uma para se sentar e trabalhar, e outra para rodopiar."

Richter! – pensou F. Aquele chato e convencido, que manteve durante anos um romance clandestino com a mulher do gerente, até o dia em que ela descobriu! Antes disso, Richter havia trabalhado no banco, até que começaram a dar falta de dinheiro. A princípio, Richter foi acusado de desfalque. Depois, descobriu-se que ele estava comendo o dinheiro. "Pensei que fosse alface", disse inocentemente à polícia. Foi expulso do banco e passou a trabalhar na firma de F., onde se acreditava que seu fluente domínio de francês o tornaria o homem ideal para lidar com as contas de Paris. Cinco anos depois ficou óbvio que não sabia uma palavra de francês e que se limitava a pronunciar sílabas sem sentido, franzindo os lábios para simular um certo sotaque. Embora tenha sido rebaixado de posto, continuou a subir no conceito do chefe. Certa vez, convenceu o patrão de que a companhia poderia duplicar os seus lucros se mantivessem a porta aberta durante a noite e permitissem que os fregueses entrassem à vontade.

"Grande cabeça, esse Richter", disse o pai de F. "É por isso que ele subirá sempre na empresa, enquanto você continuará rastejando no esgoto como um verme nojento, até o dia em que será esmagado."

F. cumprimentou seu pai por essa visão otimista de seu futuro, mas, naquela mesma noite, sentiu-se terrivelmente deprimido. Resolveu começar uma dieta e tornar-se mais apresentável. Não que fosse gordo, mas algumas sutis insinuações levaram-no à inevitável conclusão de que, em certos círculos, poderia ser considerado "desagradavelmente robusto".

"Meu pai tem razão", pensou F. "Pareço um besouro. Não admira que, quando pedi aumento, Schnabel me deu um jato de Flit! Não passo de um inseto asqueroso, destinado à repulsa universal. Mereço ser pisoteado até a morte. Ou esquartejado, perna por perna, por animais selvagens. Deveria passar o resto da vida debaixo da cama, ou arrancar os meus próprios olhos, para não presenciar minha própria vergonha. Mas vou tomar jeito: amanhã começo sem falta a dieta."

Naquela noite, F. teve sonhos incríveis. Viu-se a si mesmo magrinho, elegantíssimo dentro de calças bem justas – do tipo que só homens de reputação assegurada podem usar sem serem confundidos. Sonhou que jogava tênis com a leveza de uma pluma e que dançava com belas modelos nos lugares mais requintados. O sonho terminava com F. deslizando lentamente pelo saguão da Bolsa de Valores, nu, ao som da *Valsa dos toureadores,* de Bizet, e dizendo "Nada mal, hem, hem?".

Acordou feliz na manhã seguinte e começou a dieta para valer. Nas primeiras semanas, perdeu oito quilos. Não apenas passou a se sentir melhor, como sua sorte pareceu mudar.

"O ministro vai recebê-lo", disseram-lhe certo dia.

Extático, F. foi levado à presença do grande homem, que o elogiou.

"Ouvi dizer que sua dieta é à base de proteínas", disse o ministro.

"Carne magra e, naturalmente, salada", respondeu F. "Quer dizer, ovos também de vez em quando, mas sempre cozidos. Nada de frituras ou amidos."

"Impressionante", exclamou o ministro.

"Não apenas me tornei mais atraente, como também reduzi drasticamente o risco de enfartes ou diabetes", insistiu F.

"Estou vendo", disse o ministro já meio impaciente.

"Talvez agora eu possa dar melhor conta do recado", disse F. " Isto é, se mantiver meu peso atual."

"Veremos, veremos. E como toma café? Sem açúcar ou com adoçantes?"

"Com adoçantes, claro", garantiu F. "Posso lhe assegurar, senhor, que minhas refeições, atualmente, são experiências sem o menor prazer."

"Ótimo!", exclamou o ministro. "Voltaremos a falar em breve."

Naquela noite, F. terminou seu noivado com Frau Schneider. Escreveu-lhe um bilhete explicando que, com a súbita queda no seu nível de *triglyceride*, os planos que haviam feito para o futuro já não tinham o menor sentido. Implorou-lhe que se conformasse e disse que, se seu colesterol voltasse a ultrapassar 190, ele a procuraria.

Então, aconteceu o almoço com Schnabel – para F., um modesto repasto consistindo de uma fatia de queijo e um pêssego. Quando F. perguntou a Schnabel por que o convocara, seu superior mostrou-se evasivo: "Apenas para rever certas alternativas", disse distante.

"*Quais* alternativas?", quis saber F. Não havia nada importante a ser revisto, a não ser que tivesse se esquecido.

"Ah, não sei. As coisas estão ficando confusas e confesso que me esqueci da razão desse almoço."

"Acho que você está me escondendo alguma coisa", disse F.

"Tolice. Coma uma sobremesa", respondeu Schnabel.

"Não, obrigado, Herr Schnabel. Quer dizer, estou de dieta."

"Há quanto tempo não prova um pudim? Ou baba de moça?"

"Oh, vários meses."

"Não sente falta?"

"Claro. Adoro doces. Mas, sabe como é, é preciso ter disciplina. Você compreende..."

"É mesmo?", perguntou Schnabel, saboreando sua musse de chocolate. "É pena que seja tão rígido. A vida é curta. Não quer provar um pouco? Nem uma fatia?" Schnabel sorria maliciosamente. Ofereceu a F. uma garfada.

F. ficou subitamente tonto. "Pensando bem", disse, "posso recomeçar a dieta amanhã..."

"Claro, claro. Você é um rapaz de bom senso..."

Embora F. pudesse ter resistido, acabou sucumbindo. "Garçom! Uma musse para mim também!"

"Ótimo! É isso mesmo", exclamou Schnabel. "Não queira ser tão diferente dos outros. Talvez se tivesse sido mais flexível no passado, certos assuntos que já poderiam estar resolvidos não ficariam emperrados por tanto tempo – se sabe a que me refiro..."

O garçom trouxe a musse e colocou-a diante de F. Por um momento, F. pensou ter visto o garçom piscar para Schnabel, mas não teve certeza. Começou a devorar a sobremesa, quase tendo um orgasmo a cada garfada.

"Muito boa, não é?", perguntou Schnabel, com a voz cheia de segundas intenções. "Riquíssima em calorias..."

"Hu-hmm", murmurou F., com a boca cheia, olhos vidrados e tremendo. "Vão se acumular direto na minha cintura."

"E por que não?", perguntou Schnabel, vitorioso.

F. estava quase sufocando. De repente, o remorso invadiu cada célula de seu corpo. Meu Deus, o que fiz! – pensou. – Quebrei a dieta! Estou comendo isto, sabendo quais são as consequências! Amanhã não poderei usar meus ternos novos!

"Alguma coisa errada, senhor?", perguntou o garçom, sorrindo para Schnabel.

"Sim, o que foi, F.?", perguntou Schnabel. "Está com cara de quem cometeu um crime."

"Por favor, não posso discutir isso agora! Preciso de ar! Pode pagar essa conta? A próxima será minha."

"Claro", disse Schnabel... "Nos encontraremos no escritório. Ouvi dizer que o ministro quer vê-lo a respeito de certas acusações."

"O quê? Que acusações?"

"Oh, não sei exatamente. Têm havido alguns rumores. Nada muito definido. Algumas perguntas que as autoridades gostariam de ver respondidas. Mas podem esperar, é claro – se ainda estiver com fome, gorducho."

F. levantou-se da mesa e saiu correndo pelas ruas, em direção à sua casa. Jogou-se aos pés do pai e chorou: "Pai, quebrei a dieta! Num momento de fraqueza, pedi uma sobremesa! Por favor, me perdoe! Eu lhe imploro!".

Seu pai ouviu calmamente e disse: "Eu o condeno à morte".

"Eu sabia que o senhor entenderia", suspirou F.

## Que loucura!

A loucura é relativa. Quem pode definir o que é verdadeiramente são ou insano? Mesmo agora, correndo pelo Central Park, usando roupas roídas de traças e uma máscara de cirurgião, gritando *slogans* revolucionários e rindo histericamente, ainda me pergunto se o que fiz foi realmente tão irracional. Porque, querido leitor, nem sempre fui este que passou a ser popularmente conhecido como "o louco de Nova York", parando a cada lata de lixo para encher minhas bolsas de compras com pedaços de barbante e tampinhas de garrafa. Não, senhor – já fui um médico altamente bem-sucedido, vivendo no quarteirão mais chique do East Side, circulando pela cidade numa Mercedes marrom, elegantérrimo nos *tweeds* de Ralph Lauren. De fato, é difícil acreditar que eu, dr. Ossip Parkls, outrora um rosto familiar nas estreias de teatro no Sardi's e no Lincoln Center, homem de infinita sofisticação e imbatível serviço no tênis, seja visto agora patinando pela Broadway, vestido com um camisolão e usando uma máscara do Pluto.

O dilema que precipitou essa catastrófica queda do paraíso foi simplesmente o seguinte: eu vivia com uma mulher que eu amava profundamente, com uma deliciosa personalidade, aguda inteligência, fino senso de humor e uma gostosura de companhia. Mas – e a culpa só pode ser do maldito Destino – ela não me despertava o menor tesão. Nessa mesma época, eu estava dando umas voltinhas à noite com uma modelo fotográfica chamada Tiffany Schmeederer, cujo Q.I. abaixo de zero era inversamente proporcional às radiações eróticas que emanavam de cada poro do seu corpo.

Sem dúvida, o prezado leitor já terá ouvido a expressão "um corpo de fechar o comércio". Bem, o corpo de Tiffany não apenas era de fechar o comércio, como fechava também as lojas de penhores – se vocês conhecem Nova York e sabem o que é isto. Pele suave como seda, uma juba leonina de cabelo castanho, coxas longas, esculturais, e um *design* tão curvilíneo que correr as mãos pelo seu corpo era como um passeio no ciclone.

Isto não quer dizer que a mulher com quem eu vivia, a brilhante e profunda Olívia Chomsky, fosse um bicho de feia. Nada disso. De fato, era até uma mulher bonita, desde que você não tenha preconceitos contra a mistura de um abutre com um chofer de caminhão.

O problema é que, quando a luz incidia em Olívia de um certo ângulo, ela inexplicavelmente me lembrava minha tia Rifka. Não que Olívia se *parecesse* com ela. (Tia Rifka parecia um certo personagem que, no folclore judeu, é chamado de Golem – ou seja, Frankenstein.) Apenas uma vaga semelhança podia ser encontrada nos olhos de ambas, mas só se a luz batesse direto. Talvez fosse porque o tabu do incesto me incomodava, mas podia ser também pelo fato de que um rosto e um corpo como o de Tiffany Schmeederer só nascem juntos em alguns milhões de anos, provocando a destruição do mundo pela água e pelo fogo. O fato é que eu queria o melhor daquelas duas mulheres.

    Conheci Olívia primeiro. E isto depois de uma infinita ciranda de relacionamentos que sempre deixavam algo a desejar. Minha primeira mulher era brilhante, mas não tinha o menor senso de humor. Achava que, dos irmãos Marx, o mais engraçado era Zeppo. Minha segunda mulher era linda, mas não tinha a menor paixão. Lembro-me de uma vez em que, enquanto fazíamos amor, uma curiosa ilusão de ótica me fez pensar que ela estava gozando. Sharon Pflug, com quem vivi durante três meses, era absolutamente hostil. Whitney Weisglass era uma chata. E Pippa Mondale, de quem cheguei a gostar, cometeu o erro fatal de decorar o apartamento com pares de velas no formato do Gordo e o Magro.

    Meus melhores amigos arranjaram-me dezenas de namoradas, todas foragidas de algum conto de H. P. Lovecraft. Cheguei a pôr anúncios no *New York Review of Books* procurando companhia, mas em vão: quando uma "poetisa na casa dos 30" respondia, eu vinha a descobrir que ela estava na casa dos 60; quando uma "bissexual sem preconceitos" me procurava, eu acabava descobrindo que não satisfazia a nenhum dos seus dois desejos. Isso não quer dizer que, de vez em quando, algo legal não pintasse – tipo uma mulher belíssima, sensual e culta, com um jeito dominador e voraz. Mas, talvez devido a alguma lei milenar, provavelmente do Velho Testamento ou do *Livro dos Mortos* dos egípcios, ela me rejeitava. E, com isso, fui me tornando o mais miserável dos homens. Na superfície, aparentemente privilegiado com todas as benesses da vida. No fundo, desesperadamente à procura de um romance que me deixasse realizado e pleno – sabe como?

Noites de solidão levaram-me a pensar na estética da perfeição. Será alguma coisa, em toda a natureza, absolutamente "perfeita", exceto a estupidez de meu tio Hyman? Quem sou eu para exigir perfeição? Eu, com minha miríade de defeitos! (Cheguei a fazer uma lista de meus defeitos, mas não consegui passar de: 1. Às vezes, esqueço embrulhos onde quer que esteja.)

Alguém que conheço tem uma "relação significante" com outra pessoa? Meus pais ficaram juntos durante quarenta anos, mas só porque não tinham escolha. Greenglass, meu colega no hospital, casou-se com uma mulher cujo rosto lembrava um queijo suíço, apenas porque ela era "legal". Iris Merman trepava com qualquer homem que tivesse um título de eleitor. Nenhum relacionamento que eu conhecia poderia ser chamado de realmente feliz. Não demorou muito, comecei a ter pesadelos.

Sonhei que estava num bar de solteiros no qual era atacado por uma quadrilha de secretárias insaciáveis. Elas brandiam facas em minha direção e me obrigavam a dizer que eu gostava de quiabo. Meu analista me aconselhou a dizer que sim. O rabino disse: "Tudo bem, tudo bem. Que tal se casar com a Sra. Biltzstein? Pode não ser muito bonita, mas nenhuma mulher ganha dela quando se trata de contrabandear comida e armas de fogo para fora do gueto". Uma atriz que conheci, cuja única ambição era se tornar garçonete de botequim, parecia interessante, exceto pelo fato de que só sabia dizer duas palavras a qualquer coisa que eu dissesse: "Isso aí". E foi então que, tentando apimentar aqueles tediosos dias no hospital, fui sozinho a um concerto de Stravinsky e, durante o intervalo, conheci Olívia Chomsky – e minha vida mudou.

Olívia Chomsky. Intelectualizadíssima, horrenda, que citava T. S. Eliot, jogava tênis e tocava Bach ao piano. E que nunca dizia "Putz!", nem usava nada de Pucci nem de Gucci, nem gostava de dançar e muito menos de novelas de televisão. Mas que, incidentalmente, estava sempre a fim de sexo e, aliás, era a primeira a tomar a iniciativa. Ah, que meses incríveis passamos, até que meu ímpeto sexual (relacionado, segundo creio, no *Livro Guiness de Recordes Mundiais)* diminuiu. Para não falar nos concertos, filmes, jantares, fins de semana e intermináveis e maravilhosas discussões sobre todos os assuntos, desde linguística até microfísica – sem que nunca uma única gafe escapasse dos seus lábios. Só considerações profundas. E tinha humor também! Além, naturalmente, das pequenas maldades contra todo mundo que as merece: políticos, locutores de televisão, cirurgiões plásticos, arquitetos, críticos de cinema e pessoas que começam frases com "Em última instância".

Oh, maldito o dia em que um raio de luz iluminou aquele rosto e me trouxe à lembrança a carantonha de tia Rifka! Maldito também o dia em que, durante uma festa no Soho, um objeto sexual com o ridículo nome de Tiffany Schmeederer arregaçou suas meias de lã e me perguntou, com uma voz de camundongo de desenho animado: "Qual é o seu signo?". Todo arrepiado, vi-me de repente compelido a embarcar numa breve discussão sobre astrologia, assunto que, até então, nunca conseguira obscurecer meu profundo interesse por assuntos mais complicados, como antropologia, ondas alfa e a fantástica capacidade das marmotas para descobrir ouro.

Poucas horas depois, vi-me num estado parecido com o de um *soufflé* de queijo, à medida que a calcinha de Tiffany Schmeederer deslizava silenciosamente por suas coxas, enquanto eu assoviava inexplicavelmente o hino nacional holandês e, dentro de alguns minutos, estávamos na cama como duas pessoas que passaram a vida enfiando o dedo em buraquinhos no dique. E foi assim que tudo começou.

Álibis com Olívia. Encontros furtivos com Tiffany. Desculpas esfarrapadas para a mulher que eu amava enquanto minha luxúria era despejada em outro pedaço. Despejada é um eufemismo – eu parecia uma Niágara. Era como se estivesse trocando minha adoração pelo Nirvana espiritual por uma obsessão física não muito diferente da que Emil Jannings experimentara em *O Anjo Azul*.

Certa vez, fiz-me passar por doente, cedendo meus ingressos para que Olívia e sua mãe fossem a uma sinfonia de Brahms enquanto eu satisfazia os bestiais impulsos de minha deusa sensual, a qual insistia em que eu visse o último capítulo da novela ao seu lado. Mas, depois que paguei meus pecados suportando aquelas tolices até o fim, ela ligou as turbinas e disparou minha libido em direção ao planeta Júpiter.

De outra vez, disse a Olívia que ia lá fora comprar um jornal, corri sete quarteirões até o edifício de Tiffany, tomei o elevador e, naturalmente, o bicho enguiçou entre um andar e outro. Fiquei preso naquele cubículo como um lobisomem acuado durante horas, impossibilitado de satisfazer os meus desejos e incapaz de chegar em casa numa hora decente. Finalmente libertado pelos bombeiros, inventei histericamente uma história para contar a Olívia, na qual eu tinha sido sequestrado por dois bandidos e torturado pelo monstro do Lago Ness. Mas, felizmente, quando cheguei, ela estava dormindo.

A honestidade de Olívia, no entanto, tornava-a incapaz de imaginar que eu a estivesse traindo com outra mulher e, apesar da frequência de nossas relações ter caído a praticamente zero, mesmo assim eu dava um jeito de evitar suspeitas. Sentindo-me culpadíssimo, dava desculpas a respeito de cansaço provocado por excesso de trabalho, o que ela engolia como uma pata. Mas a coisa já me estava dando nos nervos de tal maneira que minha aparência geral lembrava o protagonista de um antigo anúncio contra asma que gritava "Larga-me. Deixa-me gritar!".

Imagine meu dilema, querido leitor. Um enlouquecedor dilema que provavelmente aflige muitos de nossos contemporâneos: o de não encontrar a satisfação para todas as nossas necessidades numa única pessoa do sexo oposto. De um lado, o abismo engolfante de um compromisso assumido; de outro, a enervante e repreensível galinhagem. Será que os franceses é que estariam certos quando propunham a coexistência entre a esposa e a amante, daí delegando a responsabilidade pelas várias necessidades entre as duas parceiras?

Eu sei que, se propusesse esse arranjo a Olívia – compreensiva como ela era –, o mais provável é que ela me amparasse com seu guarda-chuva. Comecei a ficar deprimido e cheguei a pensar em suicídio. Houve um dia em que apontei uma arma para o ouvido e disparei; um segundo antes, levantei a arma e atirei para cima. A bala atravessou o teto e provocou tal susto na sra. Fitelson, moradora do andar de cima, que ela empoleirou-se na última prateleira de sua estante e ficou ali durante todo o fim de semana.

Então, certa noite, fez-se luz na minha cabeça – como se eu tivesse tomado uma dose-família de LSD. Entendi tudo que deveria fazer. Eu levara Olívia a um festival de filmes de Bela Lugosi. Na cena crucial, Lugosi, que, para variar, interpretava um cientista louco, permuta o cérebro de sua vítima pelo de um gorila, ambos atados a uma mesa de operações durante uma tempestade cheia de raios e trovões. Se isso podia ser bolado por um reles roteirista de cinema, por que um cirurgião com a minha capacidade não poderia fazer o mesmo?

Bem, meu caro leitor, não vou entediá-lo com os detalhes altamente técnicos e dificilmente compreensíveis para a sua mente leiga. Basta dizer que, numa bela noite tempestuosa, uma figura embuçada podia ser vista arrastando duas mulheres (uma delas com um corpo que fazia os motoristas se chocarem contra todos os postes da vizinhança) em direção a uma sala de operações abandonada em determinado bairro. Ali, enquanto raios e relâmpagos iluminavam o ambiente, essa figura realizou uma operação que, até então, só parecia possível no mundo do celuloide e, mesmo assim, apenas quando executada por um ator húngaro que elevou o filme de horror à categoria de obra de arte.

O resultado? Tiffany Schmeederer, cujo inexistente cérebro habitava agora o corpo nada espetacular de Olívia Chomsky, viu-se deliciosamente liberta da incômoda condição de animal a ser pendurado no gancho por varões libidinosos. E, como Darwin nos ensinou, logo desenvolveu uma aguda inteligência, a qual, embora ainda dificilmente comparável à de Hannah Arendt, permitiu-lhe reconhecer que a astrologia é uma lorota, casar-se e ser feliz para sempre. E Olívia Chomsky, subitamente possuidora de uma topografia cósmica para combinar com seus outros incríveis talentos, tornou-se legalmente minha esposa, para inveja mortal da cidade inteira.

O único problema foi que, após alguns meses de êxtase com Olívia, semelhante ao das *1001 Noites,* comecei a ficar de saco meio cheio com aquela mulher de sonho e adquiri um insuperável tesão por Billie Jean Zapruder, uma aeromoça cuja figura quase andrógina e sotaque ligeiramente caipira faziam meu coração dar cambalhotas. Foi neste ponto que pedi demissão de meu alto posto no hospital, vesti um camisolão, botei a máscara de Pluto e saí patinando pela Broadway.

# **A PERGUNTA**

(O que se segue é uma peça de um ato baseada na vida de Abraham Lincoln. O incidente pode ter acontecido ou não. O problema é que estava brocha quando o escrevi.)

## I

*(Lincoln, com uma ansiedade infantil, faz sinal a George Jennings, seu assessor de imprensa, para que entre.)*

**JENNINGS:** Mandou me chamar, sr. Lincoln?

**LINCOLN:** Sim, Jennings. Entre e sente-se.

**JENNINGS:** E aí, sr. Presidente?

**LINCOLN:** *(Sem disfarçar uma careta)* Quero discutir uma ideia.

**JENNINGS:** Pois não, Sr.

**LINCOLN:** Na próxima vez em que eu conceder uma entrevista coletiva...

**JENNINGS:** Sim...

**LINCOLN:** Quando me fizerem perguntas...

**Jennings:** Sim...

**Lincoln:** Quero que você levante a mão e pergunte: "Sr. Presidente, em sua opinião qual é o comprimento ideal das pernas de um homem?".

**Jennings:** Como disse?

**Lincoln:** Quero que me pergunte qual é, em minha opinião, o comprimento ideal das pernas de um homem.

**Jennings:** Posso perguntar por quê, sr. Presidente?

**Lincoln:** Ora, por quê! Porque tenho uma resposta ótima!

**Jennings:** E qual é, sr.?

**Lincoln:** O ideal para que cheguem ao chão.

**Jennings:** Perdão, não entendi.

**Lincoln:** O ideal para que cheguem ao chão, pô! Essa é a resposta. Qual é o comprimento ideal das pernas de um homem? O ideal para que cheguem ao chão!

**Jennings:** Agora entendi.

**Lincoln:** Não achou engraçado?

**Jennings:** Posso ser franco, sr. Presidente?

**Lincoln:** *(Aborrecido)* Bem, algumas pessoas morreram de rir quando eu disse isso hoje de manhã.

**Jennings:** É mesmo?

**Lincoln:** No duro. Estava com os ministros, alguns amigos e outras pessoas, e, quando alguém me perguntou isso, eu dei a resposta de cara. Todos se dobraram de rir.

**Jennings:** Posso perguntar, sr. Lincoln, em qual contexto foi feita a pergunta?

**Lincoln:** Agora quem não entendeu fui eu.

**Jennings:** Estavam discutindo anatomia? A pessoa que fez a pergunta era, por acaso, um cirurgião ou um escultor?

**Lincoln:** Bem – ahm – HMM! – pensando bem, não. Não. Acho que era um fazendeiro.

**Jennings:** E por que ele queria saber?

**Lincoln:** Ué, sei lá! Só sei que havia me solicitado uma audiência com alguma urgência...

**Jennings:** *(Preocupado)* Estou entendendo.

**Lincoln:** O que foi, Jennings? Você ficou pálido!

**Jennings:** Sem dúvida, é uma pergunta estranha.

**Lincoln:** É, mas todos morreram de dar risada. Respondi rápido como um raio!

**Jennings:** Ninguém está negando isso, sr. Lincoln.

**Lincoln:** Morreram de dar risada, ha-ha-ha! Os ministros, então, nem se fala!

**Jennings:** E o homem que fez a pergunta, disse alguma coisa?

**Lincoln:** Disse muito obrigado e foi embora.

**Jennings:** E o sr. não perguntou por que ele queria saber isso?

**Lincoln:** Se você quer saber, eu já estava bastante satisfeito com a minha resposta. O ideal para que cheguem ao chão. Piscou na minha cabeça, sabe como? Nem hesitei!

Jennings: Tou sacando. É que, sabe como é, a coisa me preocupou um pouco.

## II

*(Lincoln e Mary Todd no quarto, de madrugada. Ela, na cama; ele, andando de um lado para o outro.)*

Mary: Venha nanar, Abe. O que aconteceu?
Lincoln: Aquele homem hoje. A tal pergunta. Não consigo tirá-lo da cabeça. Jennings me pôs um grilo na cuca.
Mary: Esqueça, Abe.
Lincoln: Gostaria, Mary. Puxa, como eu gostaria! Mas os olhos pidões com que o cara me perguntava. Quase implorando a resposta! Por que teria feito isso? Preciso de um drinque.
Mary: Não, Abe.
Lincoln: Sim.
Mary: NÃO! Você anda bebendo muito ultimamente. É essa maldita guerra civil!
Lincoln: Não é a guerra. O que me preocupa é que não respondi ao ser humano que me perguntava. Estava preocupado demais em dar uma resposta engraçada. Deixei que um problema complexo fosse transformado numa piada, apenas para arrancar algumas gargalhadas de meus ministros. E eles nem gostam de mim!
Mary: Eles o amam, Abe.

LINCOLN: Que nada. Acham-me fútil. No entanto, foi uma tirada genial, não foi?

MARY: Também acho. Grande resposta: "Ideal para que cheguem aos joelhos".

LINCOLN: Para que cheguem ao chão, pô!

MARY: Não, você disse do outro jeito.

LINCOLN: Claro que não. Qual seria a graça?

MARY: Para mim é muito mais engraçado.

LINCOLN: *Isso* é engraçado?

MARY: Claro.

LINCOLN: Mary, você nem sabe do que está falando.

MARY: A simples ideia das pernas chegando só até os joelhos... Ha-ha-ha!

LINCOLN: Esqueça, esqueça! Cadê o maldito *bourbon?*

MARY: (*Segurando a garrafa*) Não, Abe. Você não vai beber esta noite. Não permitirei isto!

LINCOLN: Mary, o que aconteceu conosco? A gente costumava se divertir tanto!

MARY: *(Ternamente)* Venha cá, Abe. Hoje é lua cheia. Como na noite em que nos conhecemos.

LINCOLN: Tá por fora, Mary. A noite em que nos conhecemos era lua minguante.

MARY: Cheia!

LINCOLN: Vou pegar o almanaque.

MARY: Oh, meu Deus! Está bem, esqueça.

LINCOLN: Mas eu tenho certeza!

MARY: A pergunta do tal homem ainda o incomoda?

LINCOLN: O que ele terá querido dizer com aquilo?

## III

*(Cabana de Will Haines e sua mulher. Haines chega em casa, vindo de uma longa cavalgada. Alice larga sua cesta de costura e corre para abraçá-lo.)*

**ALICE:** E aí? Fez-lhe a pergunta? Ele vai perdoar Andrew?
**WILL:** *(Desconsolado)* Oh, Alice, fiz uma coisa tão estúpida!
**ALICE:** *(Amarga)* O quê? Não me diga que ele não perdoará nosso filho?
**WILL:** Não lhe perguntei.
**ALICE:** Você o quê??? Não lhe perguntou???
**WILL:** Não sei o que me baixou. Eu estava ali, diante do presidente dos Estados Unidos, cercado de gente importante. Ministros e mil amigos dele. Então alguém disse, Sr. Lincoln, esse homem cavalgou o dia inteiro para lhe fazer uma pergunta. E, durante todo o tempo em que viajei a cavalo, a pergunta martelou minha cabeça: "Sr. Lincoln, meu filho Andrew cometeu uma falta. Sei muito bem que é grave dormir em serviço quando se está de sentinela, mas executar uma pessoa tão jovem parece tão cruel. Sr. Presidente, o senhor não poderia comutar a sentença?".
**ALICE:** Era isso que você tinha que perguntar, idiota.
**WILL:** Pois é. Mas, por alguma razão, com aquela gente toda me olhando, quando o presidente disse: "Pois bem, qual é a pergunta?", eu disse: "Sr. Lincoln, em sua opinião, qual é o comprimento ideal das pernas de um homem?".

**ALICE:** O quê???

**WILL:** Isso mesmo. Foi o que eu perguntei. Não me pergunte por quê. Qual é o comprimento ideal das pernas de um homem.

**ALICE:** Que diabo de pergunta é essa?

**WILL:** Estou lhe dizendo, não sei!

**ALICE:** Comprimento das pernas???

**WILL:** Oh, Alice, perdoe-me!

**ALICE:** Qual é o comprimento ideal das pernas de um homem??? Nunca vi pergunta mais idiota em toda a minha vida!

**WILL:** Eu sei, eu sei. Não precisa ficar me lembrando.

**ALICE:** E por que logo o comprimento das pernas? Esse assunto nunca te interessou!

**WILL:** Sei lá, eu estava brincando com as palavras. Até esqueci o que queria perguntar. Quase podia ouvir o relógio fazendo tic-tac! Não quis parecer babaca.

**ALICE:** Claro! E o presidente? Disse alguma coisa? Pelo menos respondeu?

**WILL:** Respondeu. Disse: "O ideal para que cheguem ao chão".

**ALICE:** O ideal para que cheguem ao chão? E que raio ele quis dizer?

**WILL:** Sei lá! Mas todo mundo riu. Claro, aqueles caras estavam a fim de rir de qualquer coisa.

**ALICE:** (*Subitamente virando-se*) Talvez você não quisesse que Andrew fosse perdoado.

**WILL:** O quê?

**ALICE:** Talvez no fundo, bem no fundo, você não quisesse que a sentença de seu filho fosse comutada. Talvez você tenha ciúmes dele.

**Will:** Você deve estar louca. Eu? Eu? Com ciúmes?

**Alice:** Por que não? Ele é mais forte do que você. Muito mais maneiro com uma enxada ou machado. Saca mil vezes o solo mais do que você – ou do que qualquer outro homem.

**Will:** Pare com isso! Pare com isso!

**Alice:** Não dá para ocultar, Will. Você é uma merda de fazendeiro.

**Will:** (*Tremendo de pânico*) Tudo bem, admito! Detesto essa fazenda! As sementes se parecem comigo! E a terra! Não vejo diferença entre terra e estrume. Você estudou agronomia naquelas escolas frescas! Vive rindo de mim! Me gozando. Planto milho e nascem nabos! Acha que isso não me machuca?

**Alice:** Se pelo menos pusesse uma etiqueta nas sementes, saberia o que estava plantado.

**Will:** Quero morrer!

*(Ouve-se uma batida ansiosa à porta. Alice vai abrir e trata-se, nada mais, nada menos, de Abraham Lincoln. Ele parece fissurado e tem os olhos injetados.)*

**Lincoln:** Sr. Haines?

**Will:** Eu sei, eu sei... Como fui cretino! Mas só pude pensar naquilo! Estava tão nervoso!

*(Haines cai de joelhos, chorando. Lincoln também chora.)*

**Lincoln:** Então, eu tinha razão. Foi um ato falho.

**Will:** Foi isso mesmo... Perdoe-me...

**Lincoln:** (*Chorando francamente*) Claro, claro. Levante-se. Seu filho será perdoado hoje. Como todos os rapazes que cometem um erro merecem ser perdoados. *(Alçando a família Haines pelas mãos)* Sua estúpida pergunta fez-me reavaliar toda a minha vida. Tenho de agradecer-lhes e amá-los por isso.

ALICE: Nós também reavaliamos a nossa vida, Abe. Podemos chamá-lo de Abe?

LINCOLN: Claro, por que não? Mas não há nada para se comer nessa casa? Um sujeito viaja horas e horas e ninguém lhe oferece um prato de comida?

*(Will e Alice correm para a cozinha, a fim de servir a mesa, enquanto o pano cai.)*

# Reminiscências: pessoas e lugares

Brooklyn: ruas arborizadas. A ponte. Igrejas e cemitérios por todo lado. Além de lojas de doces. Um garotinho ajuda um senhor de idade a atravessar a rua. O velho sorri e esvazia seu cachimbo na cabeça do guri. O menino corre chorando para casa. (...) Um calor infernal desce sobre o bairro. Os cidadãos botam as cadeiras na calçada e sentam-se para conversar. De repente, começa a nevar. Ninguém se entende. Um vendedor ambulante oferece rosquinhas quentes. Soltam-lhe os cachorros em cima e ele é obrigado a refugiar-se numa árvore. Infelizmente para ele, há mais cachorros à sua espera no alto da árvore.

"Benny! Benny!" Uma mãe chama o seu filho, Benny tem 16 anos, mas já é possuidor de uma respeitável ficha na Polícia. Quanto tiver 26, irá no mínimo para a cadeira elétrica. Aos 36, será enforcado. E, aos 50, será proprietário de uma tinturaria. Neste momento, sua mãe lhe serve o café da manhã, mas como sua família é muito pobre para se dar ao luxo de comer pães, ele é obrigado a passar geleia sobre a coluna de turfe do jornal.

Baía de Sheepshead: um pescador exibe, rindo orgulhosamente, a lagosta que acabou de capturar. A lagosta crava as garras em seu nariz. O pescador para de rir. Seus amigos puxam-no para um lado, enquanto os amigos da lagosta puxam do outro. Ninguém se entende. O sol se põe. Estão nisso até agora.

New Orleans: Uma banda de jazz toca um tristíssimo *blues* sob a chuva num cemitério local enquanto alguém é enterrado. Terminado o sepultamento, a banda passa a tocar hinos religiosos e começa a descer em direção à cidade. No meio do caminho, descobre-se que haviam enterrado o homem errado. E, o que é pior, um nem conhecia o outro. A pessoa que tinha sido enterrada não estava morta, sequer doente – na realidade, limitava-se a cantar junto com a multidão. Todos voltam ao cemitério e exumam o pobre homem, o qual ameaça processá-los, embora estes lhe prometam mandar o seu terno para a tinturaria e pagar a conta. Entrementes, ninguém sabe quem realmente morreu. A banda continua a tocar enquanto cada um dos presentes é enterrado de cada vez, na expectativa de que o morto será aquele que protestar menos. Logo se torna aparente que ninguém ali está morto, mas agora já é tarde demais para se conseguir um corpo devido à proximidade dos feriados.

Está chegando o carnaval. Comida típica por toda parte. Multidões fantasiadas nas ruas. Um homem vestido de camarão é atirado numa panela de sopa pelando. Ele se debate, mas ninguém acredita que não seja um crustáceo. Finalmente, tira do bolso da fantasia uma carteira de motorista e é liberado.

Beauregard Square está cheia de turistas. Certa vez, a célebre Marle Laveau praticou vudu ali. Agora é um velho haitiano que vende bonecas e amuletos. Um policial manda-o dar o fora e começa uma discussão. Ao final da briga, o policial foi reduzido a doze centímetros de altura. Furioso, ainda tenta prender o haitiano, mas ninguém consegue ouvi-lo. Naquele momento, um gato atravessa a rua e o policial é obrigado a correr para salvar a própria vida.

PARIS: calçadas molhadas. E luzes – puxa, o que eles devem pagar de contas de luz! Aproximo-me de um homem num café com mesas na calçada. Trata-se de André Malraux. Curiosamente, ele pensa que eu é que sou André Malraux. Explico-lhe que *ele* é Malraux e eu sou apenas um estudante. Ele fica aliviado ao ouvir isso porque parece gostar de madame Malraux e detestaria saber que ela é minha mulher. Falamos de coisas sérias e ele me diz que o homem é livre para escolher seu próprio destino e que só depois de entender que a morte faz parte da vida é que o homem é capaz de compreender sua existência. Em seguida, tenta me vender um pé de coelho. Anos depois nos encontramos num jantar e novamente ele insiste que *eu* sou Malraux. Desta vez, concordo com ele e acabo tomando seu coquetel de frutas.

Outono. Paris está paralisada por mais uma greve. Agora é a dos acrobatas. Ninguém está dando cambalhotas e a cidade parece morta. Logo a greve se espalha, atingindo também os malabaristas e os ventríloquos. Dois argelinos são apanhados plantando bananeira e têm suas cabeças raspadas.

Uma garotinha de dez anos, com olhos verdes e longos cachos castanhos, põe uma bomba de plástico na musse de chocolate do ministro do Interior. Na primeira colherada, ele é projetado contra o teto do Fouquet e aterrissa ileso em Les Halles. Mas agora já não existe Les Halles.

Pelo México, de automóvel: a miséria é apavorante. Milhares de sombreros evocam os murais de Orozco. Faz uns quarenta graus à sombra. Um índio me vende uma enchilada de porco frito. Está deliciosa, principalmente depois de lavada com água gelada. Sinto algo estranho no estômago e subitamente começo a falar holandês. Em seguida, desabo. Seis meses depois, acordo num hospital mexicano, de camisola e acenando com uma flâmula de um clube local. Uma experiência horrorosa. Só depois me contam que, no auge do delírio provocado pela febre, liguei para Hong Kong e encomendei dois ternos.

Fico em recuperação num sanatório cheio de maravilhosos camponeses, muitos dos quais se tornariam grandes amigos. Por exemplo, Alfonso, cuja mãe queria que ele se tornasse toureiro. Mas Alfonso foi chifrado por um touro e, em seguida, chifrado por sua própria mãe. E Juan, um simples criador de porcos, incapaz de assinar seu próprio nome, mas que conseguiu burlar a ITT em seis milhões de dólares. E o velho Hernandez, que cavalgara junto a Zapata durante dois anos até que o grande revolucionário mandara prendê-lo por viver chutando suas canelas por baixo da mesa.

CHUVA. Seis dias seguidos de chuva. E depois *fog*. Claro, Londres. Estou sentado num *pub* com Somerset Maugham. Estou deprimido, porque meu primeiro romance, *Orgulhoso Nauseabundo,* foi friamente recebido pela crítica. A única resenha favorável, publicada no *Times,* ficou comprometida pela última frase, que classificou o livro de "um miasma de chavões asininos sem paralelo na literatura ocidental".

Maugham explica que, embora essa frase possa ser interpretada de várias maneiras, é melhor usá-la na publicidade do livro. Subimos a Old Brompton Road e a chuva volta a cair. Ofereço meu guarda-chuva a Maugham e ele o aceita, apesar de já estar usando um. Maugham agora carrega dois guarda-chuvas enquanto eu tomo chuva ao seu lado.

"Nunca se deve levar a crítica muito a sério", diz ele. "Meu primeiro conto foi atacadíssimo por determinado crítico. Fiquei magoado e comecei a falar mal dele pelos bares. Então, certo dia, reli o conto e constatei que ele tinha razão. Era mesmo muito idiota e mal escrito. Nunca me esqueço de que, anos depois, quando a Luftwaffe estava bombardeando Londres, apontei um holofote contra a casa do crítico."

Maugham faz uma pausa para entrar numa loja e comprar um terceiro guarda-chuva. "Para se tornar um escritor", continuou, "é preciso correr riscos e não ter medo de parecer ridículo. Escrevi *O Fio da Navalha* usando um chapéu de burro. No primeiro esboço de *Chuva*, Sadie Thompson era um papagaio. E, quando comecei *Servidão Humana,* a única palavra que me vinha à cabeça era: 'e'. Aos poucos, o resto foi tomando forma."

Uma rajada de vento transportou Maugham e atirou-o contra um edifício. Ele achou graça. Depois de recuperar-se, Maugham me deu o maior conselho que um grande escritor pode dar a um aspirante à literatura: "Ao final de qualquer frase que seja uma pergunta, ponha um ponto de interrogação. É incrível o efeito que isso provoca".

## **O MAIS IDIOTA DOS HOMENS**

Sentados na lanchonete, discutindo a respeito das pessoas mais idiotas que conhecíamos, Koppelman mencionou o nome de Lenny Mendel. Koppelman disse que Mendel era positivamente o maior babaca que conhecera na vida, incapaz de perder para qualquer um – e, para exemplificar, contou a seguinte história.

Durante anos houve um jogo de pôquer semanal, mais ou menos entre as mesmas pessoas. Era um jogo baratinho, jogado meio de brincadeira num quarto de hotel. Os jogadores apostavam, blefavam, comiam, bebiam, falavam de sacanagem e de negócios. Depois de algum tempo (ninguém conseguiu precisar exatamente a semana), todos começaram a notar que Meyer Iskowitz não estava com uma cara muito boa. Quando alguém comentou a respeito, Iskowitz fez-se de desentendido:

"Estão malucos? Estou ótimo. Querem apostar?"

Mas, à medida que se passavam os meses, sua aparência continuou piorando, até que num dia em que ele não apareceu para jogar surgiu a notícia de que se internara num hospital com hepatite. Mas todo mundo sacou qual devia ser a verdade e, assim, ninguém se surpreendeu muito, três semanas depois, quando Sol Katz ligou para Lenny Mandel na TV NBC, onde este trabalhava, e disse: "Meyer está com câncer, coitado. Último grau. Internado no hospital Sloan-Kettering".

"Que horror", disse Mendel, meio trêmulo, enquanto tomava sua coalhada no outro lado do fio.

"Fui visitá-lo hoje. O cara não tem família. Está com péssimo aspecto. Você se lembra como ele era forte, não? Oh, merda de mundo! Enfim, está no Sloan-Kettering, 1275, York. A hora de visita é entre meio-dia e oito."

Katz desligou, deixando Lenny Mendel *muito* mal. Mendel tinha 44 anos e achava-se ótimo de saúde. (Bateu na madeira.) Tinha apenas seis anos menos que Iskowitz e, embora não fossem assim tão íntimos, tinham jogado pôquer uma vez por semana, durante seis anos seguidos. Coitado do cara, pensou Mendel. Talvez eu devesse enviar algumas flores. Mandou Dorothy, uma das secretárias da NBC, ligar para um florista e dar os detalhes. A notícia da morte iminente do Iskowitz pesou sobre Mendel aquela tarde, mas o que estava realmente começando a incomodá-lo era a terrível suspeita de que seria obrigado a visitar seu parceiro de pôquer qualquer hora dessas.

Que coisa desagradável, pensou Mendel. Sentiu-se culpado pela vontade de fugir ao compromisso, embora detestasse saber que Iskowitz estava daquele jeito. Naturalmente, Mendel sabia que todo mundo acaba morrendo um dia, e até encontrou algum consolo numa frase que leu num livro, a qual dizia que a morte não é o contrário da vida, mas que até faz parte dela. No entanto, quando se dava conta da certeza da sua própria destruição, não conseguia evitar sentir um certo pânico. Assim, como não era muito religioso, não se sentia tão heroico nem estoico e, na sua vida cotidiana, evitava toda espécie de enterros, velórios ou hospitais. Quando cruzava com um cortejo na rua, aquela imagem permanecia horas em seu íntimo. Naquele momento, Mendel imaginava Meyer Iskowitz com algodão nas narinas e ele próprio fazendo piadas e tentando parecer engraçado na capelinha.

Como ele odiava hospitais, com suas paredes brancas, lençóis imaculadamente limpos, bandejas esterilizadas, gente falando aos sussurros, todos de aventais engomados e o ar impregnado de germes exóticos. E se for verdade que o câncer é um vírus? Devo ficar no mesmo quarto com Meyer Iskowitz? Quem sabe é contagioso? Pensem bem: o que os médicos sabem sobre essa doença terrível? Nada! Talvez algum dia concluam que uma das suas miríades de formas de transmissão seja a tosse de Iskowitz em minha cara. Ou levando minha mão ao seu peito! A ideia de ver Iskowitz expirando à sua frente era horrível.

Imaginou seu velho conhecido (já não passava de um conhecido, não era mais um amigo), antigamente tão saudável, hoje emaciado, dar o último suspiro e agarrar-se a Mendel gemendo: "Não me deixe morrer... Não me deixe morrer!". Meu Deus, pensou Mendel, com a testa empapada de suor. Não quero ir visitar Meyer. E por que iria, afinal? Nunca fomos íntimos. Via o cara uma vez por semana. Jogando baralho. Raramente trocamos mais de duas palavras. Nesses cinco anos, nunca nos vimos fora daquele quarto de hotel. Só porque ele está morrendo, sou obrigado a visitá-lo? Que história é essa de que, de repente, somos íntimos? Todos os outros eram muito mais do que eu – deixe que os outros o visitem! Afinal, quem disse que uma pessoa tão doente está a fim de ver uma multidão no quarto?

O cara está morrendo. O que ele quer é sossego, e não um desfile de gente dizendo coisas vazias. Seja como for, hoje não posso ir, porque tenho ensaio do programa. O que eles pensam que eu sou – um desocupado? Acabo de ser promovido a produtor associado! Tenho milhões de coisas para fazer. E nos próximos dias também não posso, porque vem aí o especial de Natal e é um programa de pirar. Está bem, vou visitá-lo semana que vem. Não é sangria desatada, é? Semana que vem, tipo sexta ou sábado. Mas será que ele vai durar até lá? Bem, se durar, tudo bem, estarei lá; se não durar, qual é a diferença? Acham que sou cruel? A vida é que é cruel. Enquanto isso, preciso dar uma olhada no monólogo que abre o programa da semana que vem. As piadas estão sem-graça. Deve ser por isso que me pediram para dar uma apimentada na coisa. Há-há!

Usando um pretexto ou outro, Lenny Mendel evitou visitar Iskowitz por duas semanas e meia.

Quando se viu mais obrigado do que nunca, sentiu-se pior ainda ao constatar que estava mais ou menos esperando a notícia da sua morte, de modo a desobrigá-lo do compromisso. Já que a morte é certa – ele pensou – por que não já? Por que prolongar o sofrimento do cara? Quer dizer, sei que isso parece insensível – ele pensava –, mas algumas pessoas encaram essas situações melhor do que outras, e eu não sou tão forte nesse departamento. Acho deprimente visitar gente morrendo.

Mas Meyer insistia em não morrer. Enquanto isso, o pôquer continuava, com as inevitáveis observações:

"Puxa, você ainda não foi visitá-lo? Pois devia. Ele recebe poucas visitas. Quando vai alguém, adora."

"Ele sempre gostou de você, Lenny."

"É, ele sempre gostou de Lenny."

"Eu sei que você deve andar muito ocupado com o programa, mas devia arranjar uma horinha para ir ver Meyer. Afinal, há quanto tempo o homem está internado?"

"Está bem, está bem! Vou vê-lo amanhã!", disse Mendel – mas quando chegou a hora, recuou de novo. A verdade é que, quando tirou 10 minutos para a visita fatal, era mais para manter intacta a sua imagem perante os outros do que por qualquer sentimento de compaixão por Iskowitz. Mendel sabia que se Iskowitz morresse e ele não o tivesse visitado, por medo ou coisa parecida, todos saberiam que era um covarde. Vão achar que tenho sangue de barata

– pensou. Por outro lado, se visitar Iskowitz e agir como um homem, me tornarei uma pessoa melhor aos meus próprios olhos e aos olhos dos outros. O fato é que a necessidade de Iskowitz de conforto e consolo *não era* o que o movia a visitá-lo.

Bem, neste ponto a história dá uma virada, porque estamos falando de idiotice, e as dimensões da superficialidade de Lenny Mendel estão apenas começando a emergir. Numa noite fria de terça-feira, às 19h50 (de modo a que sua visita não pudesse passar de 10 minutos, nem que ele quisesse), Mendel penetrou no quarto 1.501, onde Meyer Iskowitz jazia só, surpreendentemente com boa aparência, considerando-se o avançado estágio de sua doença.

"E aí, Meyer? Como vão as coisas?", disse Mendel, tentando manter uma respeitável distância da cama.

"Quem é? Mendel? É você, Lenny?"

"Andei superocupado. Queria ter vindo antes."

"Oh, que bom que você veio. Estou feliz em te ver."

"Como tem passado, Meyer?"

"Como tenho passado? Vou derrotar a doença, Lenny. Pode tomar nota do que eu digo. Vou dar a volta por cima."

"Claro, Meyer", disse Lenny Mendel, tenso e com voz tíbia. "Em seis meses, vai voltar a trapacear. Há, há, você sabe que estou brincando, você nunca trapaceou." Vamos com calma, pensou Lenny, fazendo umas brincadeiras, tratando-o como se ele não estivesse morrendo – li um artigo não sei onde dizendo que é assim que se deve fazer. Mas, naquele quarto abafado, Mendel via-se respirando milhares de germes do câncer que pareciam emanar diretamente de Iskowitz e multiplicar-se na morna atmosfera. "Trouxe-lhe o jornal", disse Lenny, depositando-o na mesinha.

"Sente-se. Está com pressa? Acabou de chegar", sussurrou Meyer.

"Não estou com pressa. É que as visitas são instruídas a não demorar muito, para que os pacientes não se cansem."

"O que anda acontecendo por aí?", perguntou Meyer.

Conformado por ter de conversar fiado até 8 em ponto, Mendel puxou uma cadeira (não para muito perto da cama) e tentou papear sobre pôquer, futebol, negócios e atualidades, mas sempre consciente do terrível fato de que, apesar do otimismo de Iskowitz, ele nunca deixaria vivo aquele hospital. Mendel suava. A pressão, a descontração forçada e a certeza de sua própria e frágil mortalidade faziam seu pescoço enrijecer e sua boca ficar seca. Se pudesse, cairia fora dali naquele momento. Já eram oito e cinco e ninguém ainda lhe tinha pedido para sair. Muito relaxado, aquele hospital. Encolheu-se na cadeira enquanto Iskowitz falava dos velhos tempos e, cinco minutos depois, Mendel pensou que iria desmaiar.

Então, quando parecia que não conseguiria aguentar mais, algo fantástico aconteceu. A enfermeira – a srta. Hill, 24 anos, louríssima, olhos azuis, cabelos compridos e um rosto absolutamente lindo – entrou no quarto, olhou Lenny Mendel fixamente nos olhos e disse com um sorriso: "A hora da visita terminou. Vocês terão de se despedir". Justo nesse momento, Lenny Mendel, que nunca tinha visto uma criatura mais bonita em toda a sua vida, apaixonou-se. Foi assim, sabe como é? Seu queixo caiu, como cairia o de qualquer homem que tivesse finalmente posto os olhos na mulher dos seus sonhos. Meu Deus, ele pensou, é como no cinema. E não havia a menor dúvida: a srta. Hill era uma coisa! Nem mesmo o uniforme branco conseguia esconder as suas curvas, para não falar dos olhos enormes e dos lábios grandes e sensuais. Seios incríveis, também! E uma voz absolutamente doce e encantadora, que podia ser ouvida murmurando coisas reconfortantes para Meyer Iskowitz, enquanto ela ajustava os lençóis e afofava os travesseiros. Finalmente, ela piscou para Lenny Mendel e sussurrou: "É melhor ir agora. Ele precisa descansar".

"Esta é a sua enfermeira de todos os dias?", Mendel perguntou a Iskowitz, depois que ela se retirou.

"A srta. Hill? Não, ela é nova. Muito legal. Gosto dela. Não é chata como as outras, Bem, é melhor você ir. Gostei de te ver, Lenny."

"É, foi ótimo. Tchau, Meyer."

Mendel levantou-se meio tonto e caminhou pelo corredor, esperando esbarrar com a enfermeira antes de chegar ao elevador. Mas não a viu mais, por mais que se demorasse, e quando chegou à rua decidiu que teria de vê-la novamente. Meu Deus – ele pensou, enquanto ia de táxi para casa –, conheço montes de atrizes, modelos e, de repente, cruzo com uma enfermeira que dá de dez a zero em todas elas. Por que não falei com ela? Devia ter levado um papo qualquer. Será que é casada? Não – se *é srta.* fulana! Por que não perguntei mais a Meyer sobre ela? Mas ele não sabe, já que ela é nova...

Mendel checou todos os *se*, temendo ter perdido sua grande oportunidade, mas consolou-se com o fato de que, pelo menos, sabia onde ela trabalhava e podia localizá-la de novo, assim que recobrasse a segurança. Ocorreu-lhe também que, quem sabe, ela mostrasse ser tão burra e tapada como tantas outras mulheres bonitas que ele conhecia no *show-business*. Claro que, sendo enfermeira, ela deveria ter sentimentos mais profundos e humanos e menos egoístas do que as outras. Podia ser também que, conhecendo-a melhor, ela poderia não passar de uma ajeitadora de lençóis e afofadora de travesseiros. Não! A vida não podia ser tão cruel assim! Mendel brincou com a ideia de esperá-la na saída do hospital, mas imaginou que seus turnos deveriam ser variáveis e ele não a encontraria. Além do que, ele poderia assustá-la, se a abordasse muito diretamente.

Voltou no dia seguinte para visitar Iskowitz, levando-lhe um livro chamado *Como Fazer Amigos* e qualquer coisa assim, achando que isso tornaria sua visita menos suspeita. Iskowitz ficou maravilhado ao vê-lo de novo, mas a srta. Hill não estava trabalhando aquela noite e, em lugar dela, um batráquio chamado srta. Caramanulis entrava e saía do quarto. Mendel dificilmente conseguia esconder sua decepção, tentando interessar-se o mais possível pelo que Iskowitz tinha a dizer, o que não era muito. Como estava mais para lá do que para cá, Iskowitz não chegou a perceber que Mendel estava louco para dar o fora.

Mendel voltou no dia seguinte e reencontrou o divino objeto de suas fantasias novamente a cargo de Iskowitz. Um rápido bate-papo com o enfermo e, pimba, viu-se no corredor com a enfermeira. Metendo-se numa conversa entre ela e uma jovem colega, Mendel pareceu ter a impressão de que ela tinha um namorado e de que os dois iriam ver um musical no dia seguinte. Tentando parecer o mais desinteressado possível, enquanto esperavam pelo elevador, Mendel ouviu cuidadosamente, tentando descobrir quão sério era aquele relacionamento, mas não pôde entender todos os detalhes. Em certo momento, pareceu ter certeza de que ela "estava noiva" ou coisa assim.

Sentiu-se desanimado e imaginou-a ligada a algum jovem médico – talvez um brilhante cirurgião que partilhasse com ela os seus mais profundos interesses. Quando a porta do elevador se fechou, condenando-o a descer até a rua, sua última visão da deslumbrante enfermeira foi a de um par de quadris rebolando pelo corredor sobre duas pernas absolutamente perfeitas.

Essa mulher tem que ser minha, pensou Mendel, consumido pela paixão, mas não posso estragar a coisa como fiz no passado. Tenho de ir aos poucos. Nada de agir precipitadamente. Tenho de saber mais sobre ela. Será realmente tão maravilhosa como a imagino? E, se for, estará assim tão comprometida com a tal outra pessoa? E, mesmo que ele não existisse, eu teria alguma chance? Não vejo por que eu não possa disputá-la e ganhá-la. E mesmo ganhá-la do tal sujeito. Mas preciso de tempo! Tempo para saber mais sobre ela, tempo para batalhar. Para conversar, rir, mostrar-lhe que eu posso ser a pessoa mais fascinante do mundo.

Mendel esfregava as mãos uma na outra como um príncipe Médici. A estratégia mais óbvia para vê-la era a de visitar Iskowitz todo dia e, aos poucos, sem pressa, estabelecer pontos de contato com ela. Devo ser oblíquo. Aproximações diretas revelaram-se fracassadas no passado. Agora é hora de ser discreto.

Isto decidido, Mendel passou a visitar Iskowitz diariamente. O paciente mal conseguia acreditar na existência de uma visita tão dedicada. Mendel trazia sempre alguma coisa muito interessante – e que, principalmente, despertasse a admiração da srta. Hill. Belíssimas flores, uma biografia de Tolstói (ele a ouvira dizer como ela gostava de *Ana Karenina),* poemas de Wordsworth, caviar. Iskowitz não entendia nada. Tinha horror a caviar e nunca ouvira falar de Wordsworth. Mendel só faltou presentear Iskowitz com um par de brincos que ele tinha certeza que a srta. Hill iria adorar.

Tudo era motivo para conversar com a srta. Hill. Sim, ela era noiva, mas não estava assim tão fissurada.

O noivo era um advogado, mas ela tinha fantasias a respeito de alguém ligado ao ramo artístico. O fato é que Norman – o noivo – era alto, moreno e lindo de morrer, o que botava Mendel ligeiramente em desvantagem. Claro que Mendel não deixava um só minuto de apregoar as suas glórias profissionais para o já agonizante Iskowitz, num tom de voz tão alto que seria impossível a srta. Hill não ouvir. Mendel achava que a estava impressionando, mas, a cada vez que sua posição parecia mais forte, os planos entre ela e Norman metiam-se na conversa. Que sortudo, esse Norman – pensava Mendel. Passam mil horas juntos, riem, se beijam, ele a despe de seu uniforme de enfermeira – bem, quem sabe, deixa que ela fique com o quépi na cabeça. Oh, meu Deus – suspirava Mendel, frustradíssimo e já morto de ciúmes.

"O senhor não faz ideia do que essas visitas significam para o sr. Iskowitz", disse ela a Mendel certo dia, com os olhos faiscando e a boca aberta num largo sorriso. "Ele não tem família e a maior parte de seus amigos não tem muito tempo. Em minha opinião, a maioria das pessoas não tem a piedade ou a coragem de dedicar muito tempo a um caso perdido. Lamentam que uma pessoa morra, mas não gostam de se dedicar a ela. Por isso, em minha opinião, o seu comportamento é – bem... – incrível!"

A história de que Mendel ia ver Iskowitz diariamente acabou chegando à roda de pôquer, e ele foi muito cumprimentado pelos parceiros.

"O que você tem feito é maravilha", disse Phil Birnbaum a Mendel, contemplando uma trinca de reis. "Meyer me disse que ninguém o visita tão regularmente quanto você. Diz ele que às vezes pensa que você passa antes em casa para trocar de roupa." Mas a mente de Mendel fixava-se, naquele segundo, nos quadris da srta. Hill, que ele não conseguia tirar do pensamento.

"E como está ele? Firme?", perguntou Sol Katz.

"Quem está firme?", perguntou Mendel, meio distraído.

"Como quem? Meyer, claro! Pobre Meyer!"

"Ah, sim, Meyer está vendendo saúde", disse Mendel, sem ao menos se dar conta de que tinha na mão um *staraight-flush*.

As semanas se passaram e Iskowitz não melhorou nem um pouco. Certo dia, levantou os olhos e murmurou: "Lenny, eu amo você. De verdade". Lenny tomou aquela mão estendida e disse: "Obrigado, Meyer. Escute, a srta. Hill esteve aqui hoje? Hem? Pode falar mais alto um pouquinho? De que vocês falaram? Ela mencionou o meu nome?".

Mendel, naturalmente, jamais ousara avançar sobre a srta. Hill, descobrindo-se na estranha posição de não querer que ela suspeitasse de que ele visitava diariamente Meyer Iskowitz por qualquer outro motivo.

Às vezes, o fato de estar às vésperas da morte costumava inspirar o paciente a filosofar e a dizer coisas como: "Estamos aqui e não sabemos por quê. Morremos antes de descobrir. O negócio é desfrutar cada momento. Estar vivo é ser feliz. Acredito que

Deus existe e, quando vejo o Sol ou as estrelas pela janela, acho que tudo faz parte de um plano, e que o final será feliz".

"Claro, claro", respondia Mendel. "E a srta. Hill? Ainda está noiva de Norman? Você perguntou a ela aquilo que eu queria saber? Assim que ela vier vê-lo, não se esqueça."

Num dia chuvoso de abril, Iskowitz morreu. Pouco antes de expirar, disse a Mendel que o amava e que a preocupação de Mendel para com ele nos últimos meses tinha sido a mais tocante e profunda experiência que havia tido com qualquer outro ser humano. Duas semanas depois, a srta. Hill e Norman romperam, e Mendel começou a sair com ela. Tiveram um caso que durou um ano e depois também se separaram.

"Que história", disse Moscowitz, quando Koppelman terminou de contar o caso a respeito da idiotice de Lenny Mendel. "Mostra bem como algumas pessoas não passam de perfeitamente babacas."

"Não foi o que eu tirei dessa história", disse Jack Fishbein. "Ela mostra apenas como o amor por uma mulher faz com que um homem supere até os seus temores pela própria morte – pelo menos durante algum tempo."

"Vocês são uns idiotas", ganiu Abe Trochman. "A moral da história é a de que um homem agonizante pode se tornar o beneficiário da súbita adoração de um amigo por uma mulher."

"Mas não eram amigos", argumentou Lupowitz. "Mendel foi lá por obrigação. E só voltou por interesse."

"E daí?", disse Trochman. "Iskowitz adorou. Morreu confortado. E isso foi motivado pelo tesão de Mendel pela enfermeira, não?"

"Tesão? Quem disse tesão? Apesar de sua intensa babaquice, deve ter sido a primeira vez que Mendel conheceu o amor na vida!"

"E daí, digo eu?", martelou Bursky. "Que importa a mensagem do autor? Se é que existe uma mensagem. Foi só uma história interessante. Deixem de frescura e apostem."

## Um passo gigantesco para a
## humanidade

Almoçando ontem em meu restaurante favorito, fui forçado a ouvir um teatrólogo de minhas relações defendendo sua última peça contra uma coleção de críticas negativas que mais parecia o *Livro dos Mortos* tibetano. Tentando estabelecer tênues ligações entre o diálogo de Sófocles e o seu próprio, Moisés Goldworm devorou seu último croquete e esbravejou contra os críticos de teatro de Nova York. Eu, naturalmente, não podia fazer mais do que ouvi-lo com certa paciência e assegurá-lo de que a frase "um dramaturgo com talento igual a zero" não era exatamente uma restrição. Foi então que, na fração de segundo que a bonança leva para se transformar em tempestade, nosso fracassado Piñero levantou-se da cadeira, subitamente incapaz de falar. Agitando os braços freneticamente e agarrando a própria garganta, o pobre-diabo foi apoderado de um tom de azul que se costuma atribuir a certa fase de Picasso.

"Meu Deus o que é isto?", gritou alguém, ao ruído de pratos e talheres caindo ao chão e cabeças se virando de todas as mesas para presenciar o espetáculo.

"Ele está tendo um faniquito", berrou um garçom.

"Não, é um enfarte!", berrou outro.

Goldworm continuou a debater-se, mas com elegância cada vez menor. Então, enquanto várias almas histéricas e bem-intencionadas sugeriam medidas profiláticas, o teatrólogo confirmou o diagnóstico do segundo garçom e capotou no chão como um saco de chumbo. Inerme ali, Goldworm parecia destinado a ir desta para melhor antes que uma ambulância viesse socorrê-lo, quando um sujeito de quase dois metros de altura, ostentando a superioridade de um astronauta, abriu caminho em meio à multidão, e declarou dramaticamente: "Deixem comigo, rapazes. Não precisamos de médico – ele não teve um enfarte. Ao levar a mão à garganta, o nosso amigo fez o sinal universal, conhecido nos quatro cantos do globo, para indicar que tinha engasgado. Os sintomas podem parecer os mesmos de um ataque cardíaco, mas este homem – eu lhes asseguro – pode ser salvo pela Manobra de Heimlich".

Assim dizendo, o herói da tarde enlaçou o meu amigo por trás e alçou-o a uma posição decente. Aplicando seu punho exatamente sob o esterno de Goldworm, deu-lhe uma cutilada, fazendo com isto que uma considerável porção de ervilhas fosse disparada da traqueia do dramaturgo e atingisse violentamente os cabides à nossa frente. Goldworm voltou a si e agradeceu profusamente seu salvador, o qual dirigiu nossa atenção para um cartaz afixado no quadro de avisos do restaurante, fornecido pela

Secretaria de Saúde. O cartaz descrevia o drama que havíamos acabado de presenciar com absoluta fidelidade. Falava das três fases do "sinal universal de engasgar": 1) Incapacidade de falar ou respirar; 2) Ficar azul; 3) Desmaiar. A solução para o problema era a mesma que o homem tinha aplicado: uma abrupta cutilada, exatamente como a que tinha evitado que Goldworm tivesse ido encenar peças nas nuvens.

Alguns minutos depois, caminhando pela 5ª Avenida, imaginei se o dr. Heimlich, cujo nome é hoje nacionalmente conhecido como o inventor da maravilhosa manobra que ele executara diante dos meus olhos, tinha alguma ideia de que estava sendo *furado* por três anônimos cientistas que, há meses, vinham pesquisando uma cura para o mesmo problema, tão comum em certos restaurantes. Perguntei-me também se ele conhecia a existência de um certo diário escrito por um dos membros do trio – um diário que acabou em minhas mãos, meio por engano, durante um leilão, devido à sua semelhança em cor e formato com uma obra ilustrada, intitulada *Escravas do Harém*, pelo qual arrisquei dois meses de salário.

Seguem-se alguns excertos do tal diário, exclusivamente devido ao seu interesse científico:

3 DE JANEIRO: Conheci hoje meus dois colegas e gostei de ambos, embora Wolfsheim não fosse exatamente como eu imaginava. Primeiro, porque parece mais gordo do que na foto (acho que ele só divulga

fotos antigas). Sua barba é do tipo que cresce como aquele capim chamado barba-de-bode. Somem-se a isto sobrancelhas espessas como arbustos e, sob os olhos, bolsas que dariam para carregar os mil olhos do Dr. Mabuse, apesar de escondidos sob lentes que parecem feitas de vidro à prova de balas. Sem falar nos tiques. O homem tem um repertório de trejeitos que mereciam ser orquestrados por Stravinsky. No entanto, Abel Wolfsheim é um brilhante cientista, cuja pesquisa sobre o engasgo tornou-o famoso no mundo inteiro. Ficou envaidecido ao saber que eu conhecia a sua teoria sobre o Engasgo Ocasional e revelou-me que minha antiga teoria, antigamente vista com escárnio, de que o soluço é inato, era agora coisa corriqueira no Instituto de Tecnologia de Massachussetts.

Mas, se Wolfsheim parece excêntrico, o outro membro de nosso triunvirato é exatamente o que eu esperava que ela fosse, ao ler a sua obra. Shulamith Arnolfini, cujas experiências com espinhas de bacalhau levaram-na à criação de um germe capaz de cantar "Parabéns pra Você", é extremamente britânica – com seu casaco de *tweed*, maus dentes e óculos de aros sobre o nariz adunco. Como se não bastasse, possui um certo defeito de dicção que estar ao seu lado quando ela pronuncia uma palavra como "sequestrado" é como estar sob uma tempestade tropical, tal a quantidade de perdigotos. Gosto de ambos e prevejo grandes descobertas.

5 DE JANEIRO: Coisas não correm tão bem como eu imaginava, desde que eu e Wolfsheim tivemos um

ligeiro desentendimento sobre certos assuntos. Sugeri iniciarmos nossas experiências com ratinhos, mas, para ele, isso é desnecessariamente tímido. Prefere usar condenados à prisão perpétua, alimentando-os com carne a cada cinco segundos, com instruções para não deixá-los mastigar antes de engolir. Só então, diz ele, poderemos observar as dimensões do problema em sua verdadeira perspectiva. Mencionei os aspectos éticos e Wolfsheim reagiu negativamente. Perguntei-lhe se achava que a ciência estava acima da ética e impliquei com sua insistência em comparar seres humanos a *hamsters*. E discordei frontalmente quando ele me acusou de "careta". Felizmente, Shulamith ficou do meu lado.

7 DE JANEIRO: Um dia produtivo para Shulamith e eu. Trabalhando 24 horas por dia, induzimos um rato a estrangular-se. O que só conseguimos depois de fazer o roedor ingerir grande quantidade de queijo Palmira e obrigá-lo a rir. Como esperávamos, o alimento entrou pelo caminho errado e o animal engasgou. Segurando-o firmemente pela cauda, agitei-o como um látego até o alimento se desprender. Shulamith e eu tomamos inúmeras notas sobre o acontecimento. Se pudermos transferir esse tratamento de agarrar seres humanos pela cauda, talvez consigamos alguma coisa. Cedo para dizer.

15 DE FEVEREIRO: Wolfsheim tem uma teoria, que insiste em pôr à prova, embora eu a considere muito simplista. Está convencido de que uma pessoa

engasgada pode ser salva se (literalmente) "lhe derem um copo d'água". A princípio, achei que estava brincando, mas do jeito com que olhava e falava, vi que estava profundamente comprometido com o conceito. Copos e mais copos de água, cheios nos mais diversos níveis, provaram-me que ele estava pesquisando essa linha há dias. Quando pareci cético a respeito, ele me acusou de destrutivo e começou a ter tiques como quem dança numa discoteca. Dá para descrever como ele me odeia?

27 DE FEVEREIRO: Tiramos o dia livre. Shulamith e eu fomos passear de moto pelo interior. Em contato com a natureza, a simples ideia de engasgar pareceu distante. Shulamith disse-me que já tinha sido casada uma vez, com um cientista que pesquisava isótopos radioativos, e cujo corpo inteiro se desvaneceu no meio de um bate-papo. Falamos de nossos gostos e preferências pessoais, até descobrirmos que éramos vidrados na mesma bactéria. Perguntei a Shulamith como ela se sentiria se eu a beijasse. Ela respondeu: "Ficaria fissurada", aspergindo-me com as miríades de gotas que tanto a caracterizavam quando enunciava certos grupos consonantais. Acabei chegando à conclusão de que era uma bela mulher, principalmente quando vista através de um raio X.

1º DE MARÇO: Tenho certeza agora de que Wolfsheim é louco. Testou dezenas de vezes a sua teoria do "copo-d'água", embora tenha fracassado em todas elas. Quando o aconselhei a parar com aquilo, para não perder tempo ou dinheiro, ele tentou me enfiar um bico de Bunsen pela goela. É sempre assim: a frustração leva ao desespero.

3 DE MARÇO: Na impossibilidade de obter cobaias para nossas perigosas experiências, fomos obrigados a visitar restaurantes e lanchonetes, na esperança de encontrar alguém com problemas de engasgo em quem pudéssemos trabalhar. Na lanchonete Sans Souci, tentei içar a sra. Rose Moscowitz do chão e, embora tivesse arrancado um monstruoso pedaço de pizza de sua garganta, ela não ficou nem um pouco agradecida. Wolfsheim sugeriu que tentássemos dar tapas nas costas das vítimas, argumentando que isto lhe tinha sido sugerido por Fermi num congresso em Zurique há 32 anos, mas que nunca tinha conseguido uma bolsa para tal pesquisa devido a certas prioridades nucleares. Por falar nisso, Wolfsheim tentou rivalizar comigo em relação a Shulamith, ontem, no laboratório de biologia. Só que, ao beijá-la, levou na cara um macaco congelado. Um homem complexo e triste, é só o que posso dizer.

18 DE MARÇO: Hoje, no Marcello's, deparamo-nos com a sra. Guido Bertoni engasgada com o que tanto poderia ser um *cannelloni* ou uma bola de pingue-pongue. Como eu previra, dar-lhe um tapinha nas costas de nada adiantou. Wolfsheim, arraigadíssimo às suas ultrapassadas teorias, tentou administrar-lhe um copo-d'água, mas, infelizmente,

tentou arrancá-lo de uma estátua no jardim, no que todos fomos expulsos.

2 DE ABRIL: Shulamith mencionou hoje a hipótese de usarmos pinças – ou seja, um instrumento com o qual pudéssemos extrair objetos do esôfago, tais como ossos de frango ou amendoins. Cada cidadão seria obrigado a carregar consigo tal instrumento e instruído no seu uso pela Cruz Vermelha. Para testar a proposta, voamos para um famoso restaurante de frutos do mar a fim de remover uma casquinha de siri, com casca e tudo, do esôfago da sra. Faith Blutzstein. Infelizmente, a mulher ficou agitada quanto tirei do bolso as gigantescas pinças, e cravou os dentes em meu pulso, fazendo-me deixar deslizar o instrumento por sua garganta abaixo. Só mesmo a pronta atitude de seu marido, que a segurou pelas pernas e a balançou como um ioiô, impediu uma fatalidade.

11 DE ABRIL: Nosso projeto chega ao fim – sem sucesso, lamento dizer. Cortaram nossos recursos, desde que a fundação decidiu que o dinheiro seria mais bem aplicado numa pesquisa sobre bilboquês. Ao receber a notícia, senti necessidade de ar fresco e, ao caminhar sozinho pela beira do rio, não pude deixar de pensar nas limitações da ciência. Quem sabe as pessoas estão destinadas a engasgar? Talvez faça parte do seu destino cósmico. Somos tão convencidos a ponto de achar que a ciência pode *tudo*? Um homem engole uma porção excessiva de

farofa – e engasga. E daí? Querem melhor prova da absoluta harmonia do universo? Nunca saberemos a resposta.

20 DE ABRIL: A tarde de ontem foi nosso último dia. Vi Shulamith na secretaria, dando uma olhada numa monografia sobre a nova vacina contra herpes e mastigando uma ou duas bolachas enquanto fazia hora para o jantar. Aproximei-me virilmente por trás e, tentando surpreendê-la, enlacei-a, como só um homem apaixonado é capaz de fazer. Imediatamente ela engasgou, com uma das bolachas atravessada em sua garganta. Meus braços estavam ao seu redor, e foi por puro acaso que minhas mãos estivessem justamente sob o seu esterno. Alguma coisa – sei lá, instinto ou sorte científica – me fez cravar o pulso contra o seu peito. Em menos de um segundo, os cacos de bolachas voaram de sua boca e ela estava ótima de novo. Quando falei disso a Wolfsheim, ele comentou: "Tudo bem. Dá certo com bolachas. Mas dará certo com metais ferruginosos?".

Não sei o que ele quis dizer com isto e não estou ligando. O projeto terminou e, embora seja verdade que fracassamos, outros virão em nossas pegadas e certamente triunfarão. Na realidade, nós três prevemos o dia em que nossos filhos ou, quem sabe, netos, viverão num mundo em que, independentemente de raça, cor ou credo, todos estarão livres da universal maldição do engasgo.

Para terminar com uma nota mais pessoal, Shulamith e eu vamos nos casar, mas, enquanto as finanças não melhoram um pouco, ela, eu e Wolfsheim decidimos preencher uma lacuna no mercado e abrir um salão de tatuagens.

# O ÓPIO DAS MASSAS

*(Excertos de uma das mais excitantes resenhas do crítico de restaurantes Fabian Plotnick, após uma visita ao Fabrizio's, uma tradicional cantina da Segunda Avenida – durante a qual, como sempre, Plotnick provoca profundas reflexões sobre a vida.)*

Da maneira como são tratadas por Mario Spinelli, *chef* do velho e respeitado Fabrizio's, as massas são uma expressão digna do neorrealismo italiano. Spinelli faz com que seus fregueses salivem intensamente antes da comida chegar. Seu *fettuccine,* por mais maliciosamente duro e cru que possa parecer, deve muito ao de Barzino, cujo uso do *fettuccine* como instrumento de transformação social é conhecido de todos. A diferença é que, com Barzino, o freguês é levado a esperar *fettucine* branco e é servido de *fettuccine* branco. No Fabrizio's, servem-lhe logo *fettuccine* verde. Parece gratuito, não? Mas só nos parece assim porque, como conformistas que somos, não estamos preparados para a grande revolução. Donde aquela inesperada massa verde, por mais deliciosa, francamente nos choca.

Sentimo-nos desconcertados, embora esta não seja a intenção do *chef*.

O *linguine*, por outro lado, é delicioso, sem ser absolutamente didático. É verdade que guarda certas insidiosas características marxistas, mas quase imperceptíveis por causa do molho. Spinelli é membro do Partido Comunista Italiano há muitos anos e não se furta a dissimular as mais saborosas palavras de ordem em seu *tortellini*.

Iniciei minha refeição pelo antipasto, o que, a princípio, pareceu a todos sem sentido, até que concentrei a atenção de minhas papilas gustativas nas anchovas. Tudo então ficou claro. Estaria Spinelli tentando dizer-me que a vida era representada ali pelas azeitonas pretas, como um intolerável lembrete da nossa própria mortalidade? Mas, se assim fosse, onde estariam os pepinos? Seria a omissão deliberada? No Jacobelli's, o antipasto consiste exclusivamente de pepinos. Mas Jacobelli é eurocomunista, embora seu *fusilli alla calabresa* nos ensine mais sobre o envolvimento americano na guerra do Vietnã do que todos os livros a respeito.

E, no entanto, o inesquecível *fusilli* do Jacobelli's foi um escândalo na época. Hoje, parece insignificante diante da *braciola alla finochio* do Gino's Vesuvio – um diabólico bife *rolé*, recheado com bacon e *chiffon* preto. Spinelli, ao contrário dos atuais *chefs* de vanguarda, raramente vai às últimas consequências. É dado a hesitar em algumas situações cruciais, como ao preparar o seu imortal *ravioli di ricotta al burro fuso,* quando se esquece de acrescentar a ricota, embora raros clientes deem pela sua falta.

Há sempre um toque de ousadia no estilo de Spinelli – particularmente no seu tratamento do *spaghetti al vongole*. (Antes de fazer psicanálise, Spinelli sentia-se fisicamente ameaçado pelas minúsculas amêijoas. Não suportava a ideia de abri-las e, quando era obrigado a olhar dentro delas, desfalecia. Em suas primeiras experiências com o *spaghetti al vongole,* tentou substituir os tradicionais frutos do mar por amêijoas de plástico, que mandava fabricar sob encomenda, mas mesmo estas provocaram-lhe um colapso nervoso. Finalmente, a psicanálise curou-o.)

Uma das delícias do Fabrizio's é o *frango desossado alla parmigiana.* O título é irônico, porque Spinelli recheia o frango com mais alguns ossos extras, como que nos dizendo que a vida não deve ser ingerida muito depressa, nem sem cuidados. O ato constante de remover os ossinhos da boca e de depositá-los na borda do prato chega a dar um caráter sonoro à refeição. Lembramo-nos imediatamente de músicos dodecafônicos ou concretos. Robert Craft, escrevendo sobre Stravinsky, chamou-nos a atenção para a influência de Schoenberg e Webern sobre as saladas de Spinelli e a influência de Spinelli sobre o *Concerto em ré* de Stravinsky.

De fato, o *minestrone* é um grande exemplo de atonalidade, porque é quase impossível tomá-lo sem produzir ruídos com os lábios e a língua – ruídos aproximadamente semelhantes aos de "slurp" ou de "flurp", que se repetem numa espécie de ordem serial. A primeira noite em que fui ao Fabrizio's, dois clientes – um rapaz e um senhor de idade – tomavam sua sopa simultaneamente, e provocaram tanta excitação entre as demais mesas que, depois da última colherada, foram aplaudidos de pé.

Como sobremesa, pedimos *tortoní,* o que me trouxe à cabeça versos de Leopardi – ou de Rira Pavone, se bem me recordo. Muito a propósito! Os preços do Fabrizio's, como Hannah Arendt me disse certa vez, são "razoáveis, sem serem historicamente inevitáveis". Estou de acordo.

## *Cartas dos leitores*

Sr. Editor:

Os comentários de Fabian Plotnick sobre o Fabrizio's são corretos e perspicazes. Só se esqueceu de dizer que, embora o Fabrizio's seja um restaurante dirigido por uma família, não segue o típico padrão de estrutura familiar italiana, mas, curiosamente, lembra mais a organização familiar dos mineiros galeses de classe média antes da Revolução Industrial. A relação de Fabrizio com sua mulher e filhos segue esse modelo, mas os hábitos sexuais dos empregados são tipicamente vitorianos – especialmente os da garota encarregada da caixa. As condições de trabalho também refletem o ambiente das fábricas inglesas: os garçons são forçados a trabalhar de oito a dez horas por dia usando guardanapos que não obedecem às mínimas condições de segurança.

Dove Rapkin

Sr. Editor:

Em sua resenha sobre o Fabrizio's, Fabian Plotnick classificou os preços de "razoáveis". Classificaria ele de "razoáveis" os poemas dos *Quatro Quartetos* de T. S. Eliot? O retorno de Eliot a um estágio mais primitivo da doutrina do Logos reflete uma compreensão imanente do mundo, mas oito dólares por um prosaico *gnocchi – al sugo* é demais! Tomo a liberdade de sugerir ao sr. Plotnick a leitura de um penetrante ensaio publicado em *Seleções* de fevereiro de 1958, intitulado *Eliot, reencarnação e cappelleti in brodo*.

Eino Schmeederer

Sr. Editor:

O que o sr. Plotnick deixa de levar em consideração ao mencionar o *spaghetti* de Mario Spinelli é o tamanho das porções ou, para ser mais claro, a quantidade de fios em cada prato: havia tantos fios na porção que me foi servida quanto de unidades de nhoque no prato de minha acompanhante, segundo cheguei a contar. O que desafia qualquer lógica, donde o sr. Plotnick não está autorizado a usar o termo "spaghetti" com exatidão. Se chamarmos o *spaghetti* de $x$ e chamarmos de $b$ a constante igual à metade da média de porções servidas, teremos que $a = x/b$. Donde teremos de concluir que o *spaghetti é o cappelleti!* O que, naturalmente, é ridículo. Logo, a equação não pode ser traduzida por "O *spaghetti* estava delicioso", mas por "O *spaghetti* e o *cappelleti* não são o *papardelle alla toscana*". Como Gödel não se cansou de repetir, "Tudo deve ser traduzido em algum cálculo lógico antes de ser digerido".

Prof. Word Babcocke,
Instituto de Tecnologia de Massachusetts

Sr. Editor:

Li com grande interesse a crítica do sr. Fabian Plotnick sobre o restaurante Fabrizio's e concluí ser ela mais um chocante exemplo contemporâneo de revisionismo histórico. Parece que já nos esquecemos de que, durante o pior período dos expurgos stalinistas, o Fabrizio's não apenas continuou aberto, como ainda aumentou sua freguesia. Ninguém em suas mesas jamais abriu a boca contra a repressão política na URSS. Na realidade, quando o Comitê de Libertação dos Dissidentes Soviéticos pediu ao Fabrizio's que eliminasse o *provolone* de seus menus até que os russos libertassem o conhecido cozinheiro trotskista Gregor Tomshinsky, o *chef* recusou-se. Àquela altura, a KGB já havia confiscado as dez mil páginas de receitas de Tomshinsky.

Onde estavam os famosos "intelectuais" que frequentavam o Fabrizio's? Degustando impunemente um *agnellotti crema e uva passa,* como se nada estivesse acontecendo. Nenhuma garçonete do Fabrizio's ousou levantar sua voz, mesmo sabendo que suas camaradas garçonetes na URSS, naquele mesmo momento, estavam sendo obrigadas a servir a mesa para os membros do Politburo. Devo recordar-lhes que quando dezenas de físicos soviéticos foram acusados de comer demais e, por isso, presos, muitos restaurantes ocidentais fecharam em protesto, mas o Fabrizio's continuou com suas portas abertas e ainda instituiu a política de oferecer gratuitamente balas de hortelã após as refeições!

Eu próprio comi no Fabrizio's durante os anos 30 e posso garantir que alguns stalinistas infiltrados na cozinha tentaram servir caviar aos desavisados fregueses que haviam pedido lasanha. Dizer que muitos fregueses não sabiam o que se passava na cozinha é absurdo. Quando alguém pedia língua-de-pato e, em troca, serviam-lhe arenque marinado, era fácil perceber o que estava acontecendo. Mas a verdade é que os intelectuais *preferiam* não enxergar a diferença. Jantei lá certa vez com o prof. Gideon Quéops, que devorou de um só gole toda uma sopa *borscht* e palitou os dentes com os ossos de um frango à Kiev – após o que, virou-se para mim e disse: "Fantástico macarrão!".

Prof. Quincy Mondragon,
Universidade de Nova York

*Fabian Plotnick responde:*

O Sr. Schmeederer mostra que nada entende de preços de restaurantes e muito menos dos *Quatro Quartetos*. O próprio T. S. Eliot classificou o preço de sete dólares por uma pizza de *mozzarella* como "passável – mesmo em abril, o mais cruel dos meses".

Agradeço ao sr. Dove Rapkin por seus comentários sobre a família nuclear, e também ao prof.

Babcocke por sua penetrante análise linguística, embora questione sua equação e sugira, em troca, o seguinte modelo:

1) Uma lasanha não é um ravióli;

2) Um ravióli não é um nhoque;

3) Um nhoque não é uma lasanha, donde uma lasanha só pode ser um *scaloppe* com *funghi*!

Wittgenstein usou o modelo acima para provar a existência de Deus e, mais tarde, Bertrand Russell usou-o para provar não apenas que Deus existe, como Ele achava que Wittgenstein tinha joanetes.

Finalmente, a resposta ao prof. Mondragon. É verdade que Spinelli trabalhou na cozinha do Fabrizio's durante a década de 30 – talvez por mais tempo do que deveria. Mas deve-se-lhe fazer justiça e acrescentar que, quando os gorilas macarthistas pressionaram-no para substituir o *prosciutto com melão pelo prosciutto com figos (considerado politicamente menos bandeiroso), Spinelli levou o caso à Corte Suprema e conseguiu que, desde então, todas as entradas compostas de presunto ficassem sob a ampla proteção da Constituição dos Estados Unidos. O que mais quer o prof. Mondragon?*

Poesias, contos e todos os romances em mais de 20 títulos

**L&PM** EDITORES

Kerouac para todos os gostos: romances, haicais, peças, cartas e o clássico dos clássicos, *On the Road*

**L&PM EDITORES**

# Agatha Christie
## EM TODOS OS FORMATOS
### AGORA TAMBÉM EM FORMATO TRADICIONAL (16x23)

**AUTOBIOGRAFIA**
"Uma delícia de ler." *The Times*

**MISS MARPLE — todos os romances**
Primeiro volume
- Assassinato na casa do pastor
- Um corpo na biblioteca
- A mão misteriosa
- Convite para um homicídio

**POIROT — QUATRO CASOS CLÁSSICOS**
- Tragédia em três atos
- Cipreste triste
- Morte na praia
- A mansão Hollow

**AGATHA CHRISTIE — MISTÉRIOS DOS ANOS 30**
- O mistério Sittaford
- Por que não pediram a Evans?
- É fácil matar

**AGATHA CHRISTIE — MISTÉRIOS DOS ANOS 40**
- M ou N?
- Hora Zero
- Um brinde de cianureto
- A Casa Torta

**AGATHA CHRISTIE — MISTÉRIOS DOS ANOS 50**
- Aventura em Bagdá
- Um destino ignorado
- Punição para a inocência
- O Cavalo Amarelo

**AGATHA CHRISTIE — MISTÉRIOS DOS ANOS 60**
- Noite sem fim
- Um pressentimento funesto
- Passageiro para Frankfurt
- Portal do destino

**L&PM EDITORES**

© 2016 Agatha Christie Limited. All rights reserved.

# L&PM POCKET MANGÁ

Mitsuru Adachi — Aventuras de menino
Inio Asano — Solanin 1
Inio Asano — Solanin 2
Mohiro Kitoh — Fim de verão

**SHAKESPEARE**
HAMLET

**SIGMUND FREUD**
A INTERPRETAÇÃO DOS SONHOS

**F. SCOTT FITZGERALD**
O GRANDE GATSBY

**FIÓDOR DOSTOIÉVSKI**
OS IRMÃOS KARAMÁZOV

**MARCEL PROUST**
EM BUSCA DO TEMPO PERDIDO

**MARX & ENGELS**
MANIFESTO DO PARTIDO COMUNISTA

**FRANZ KAFKA**
A METAMORFOSE

**JEAN-JACQUES ROUSSEAU**
O CONTRATO SOCIAL

**SUN TZU**
A ARTE DA GUERRA

**F. NIETZSCHE**
ASSIM FALOU ZARATUSTRA

IMPRESSÃO:

**Pallotti**

Santa Maria - RS - Fone/Fax: (55) 3220.4500
**www.pallotti.com.br**